세상의
모든
골목

# 세상의
# 모든
# 골목

변종모
에세이

모퉁이를
돌아
행복을
만났습니다

ALONE BOOK

# 일부러 길을 잃고 싶은 당신에게

골목에는 햇살이 가득한데 비마저 추적추적 내리고 있다. 갑작스러운 비에 몸을 접고 걸음을 멈춘 사람의 어깨에서 모락모락 수증기가 피어났고 그 순간 우리는 간단한 눈인사를 나누었다.

　모르는 사람과 나란히 서서 골목의 안을 들여다본다. 나는 마치 약속이 있는 사람처럼 서성이며 풍경을 헤아린다. 급하게 물건을 정리하는 사람, 가벼운 차림으로 나왔다가 머리에 손을 얹고 다시 돌아가는 사람, 나비를 따라다니듯 비를 쫓는 아이들. 얌전하던 골목의 풍경이 순식간에 달라졌다. 언젠가 나도 저들처럼 골목에서 인생의 어느 한때를 보낸 적이 있다. 이런 풍경을 뒤적이며 며칠째 나는 골목을 헤어나지 못하고 있다.

골목은 지루할 틈이 없었다. 기대 없이 만나게 되는 오래된 친구처럼 반가운 마음이 먼저였다. 여행을 떠나 숙소를 구할 때면 편안함이 우선적인 고려 사항이었지만, 아름다운 골목을 끼고 있다면 더없이 좋겠다고 생각했다. 드넓은 대로 곁의 숙소는 이동하기가 편하다는 것을 제외하면 어쩐지 쇼윈도에서 잠을 청하는 것 같았다. 그래서 깊은 꿈을 꿀 수가 없었다. 나는 언제나 낡고 오래된 골목으로 스며들었고 골목 한귀퉁이의 방에서 따뜻하고 살가운 마음으로 더욱 오래 짐을 풀 수가 있었다. 지금도 그 습성은 여전하다. 세상 어디를 가나, 시간이 아무리 흘러도 골목을 좋아하는 나의 취향은 바뀌지 않았다. 아마도 내가 보금자리를 떠나 처음 만났던 풍경이 골목이었기 때문인지도 모른다.

삶의 형태가 바뀌면서 골목이 사라졌고 길을 잃고 헤매는 일 또한 없어졌다. 마치 여행이 사라진 것처럼. 나는 내 모든 여행의 시작이 골목에서 비롯되었다고 믿고 있다. 골목은 사람들이 만든 풍경이다. 골목은 저절로 생겨난 것처럼 보이지만 의도적으로 계획한 곳이기도 하다. 골목은 그 길이만큼 이야기가 있는 곳이며 좋은 의도로 만들어진 삶의 길이다. 나는 그 속의 사람들을 여행한다. 그들의 생활을

탐한다. 결국 골목에서는 타인의 생활이 나의 여행이 되며 나의 생활이 또 다른 누군가의 여행이 된다고 생각한다. 산다는 것과 여행한다는 것은 그리 멀지 않은 일이다.

나는 사람과 사람 사이에 생겨난 공간 속에 있고 싶었다. 그곳이 골목이었다. 나는 자주 멀리 떠났지만 골목을 걸으며 결국 사람을 떠난 적이 없다는 사실을 깨달았다.

세상에는 수많은 길들이 그어져 있었고 길보다 아름다운 골목이 있다. 비밀의 통로 같은 페트라의 바위틈 골목이나 달의 계곡으로 이어지는 칠레의 어느 골목처럼 신비한 골목이 있다. 쿠바의 아바나 또는 아르헨티나 부에노스아이레스의 낡은 골목처럼 걸음걸음마다 음악 소리와 춤이 끊이지 않는 행복한 골목들도 있다. 낯선 골목 안에서 본 것들이 뒤늦게야 내 인생에 아름다운 궤적을 내고 있다. 짧거나 좁은 혹은 깊거나 낮은 골목에서 나는 사람들이 살아가는 세상의 이야기를 들었다. 다시 돌아오지 못할 것처럼 걷고 싶었고 일부러라도 그 안에서 길을 잃고 오래오래 돌아가지 못할 마음으로 살고 싶었다.

만약 당신을 다시 만날 수 있다면, 그곳이 광활한 대지가 아니라 조금은 좁고 아주 오래된 낡은 골목이었으면 한다.

나는 당신이 그곳에서 더 영롱하게 빛날 것임을 알기 때문이다.

이 이야기는 당신의 가장 가까이에 펼쳐지게 될 골목에 관한 것이거나, 골목과 멀지 않은 곳에서 만나는 사소한 장소에 관한 것들, 혹은 그 골목과 장소에서 스친 사람들의 마음에 관한 것일지도 모른다. 우리가 한 번쯤 스쳐 지나갔을 곳에서 겪었던 각자의 우연에 관한 이야기일지도 모른다.

이 이야기는 의도적으로 길을 잃고 싶은 당신에게 들려주고 싶은 이야기다.

골목은 언제나 길보다 아름답다.

# 차례

QR 코드를 찍으시면 여행자 변종모가 추천하는 길 위의 노래를 들으실 수 있습니다.

누군가 내 손을 잡아

이끌어주었던 선의의 골목

페즈, 모로코

Fez, Morocco

Fly A Kite

HOLLYWOOD STUDIO SYMPHONY, MICHAEL NOWAK

가끔 길을 잃고 싶을 때가 있다. 늘 같은 길을 가고 있다는 느낌을 받을 때, 혹은 내가 의도하지 않은 시간에 누군가에게 이끌려 다닐 때. 그러다가 상처 난 밤, 돌아누운 그대가 깨지 않도록 슬며시 빠져나와 당신의 꿈을 내가 대신 꾸듯 그렇게 길을 잃고 싶을 때가 있다. 향신료 냄새가 안개처럼 자욱한 골목의 끝에서 새벽의 기도 소리가 울려 퍼지면 이대로 영영 돌아가지 못한다고 하더라도 괜찮을 마음으로 말이다. 내가 도착할 곳은 끝내 좋은 곳이리라, 그런 믿음이 있었으니까.

처음 만난 그 좁은 골목의 모퉁이는 알 수 없는 온기로 따뜻했다. 무릎 위에 펼쳐진 책의 다음 장을 궁금해하듯 조심스럽게 모퉁이를 돌았다. 모퉁이를 돌자 세상에서 가장 오래된 골목이 나타났고 그 골목에서 얼핏 당신을 본 것 같다.


## 우리가 천천히
## 그리고 신중히 걸어야 하는 이유


처음 모로코를 여행하려 했을 때 누군가 내게 말했다. 모로코는 네가 옮겨 가는 도시마다 색깔이 너무 달라서, 한 나라를 여행하지만 적어도 10개국은 다녀온 기분이 들 거야. 그 말이 맞았다. 스페인의 남쪽 도시에서 배를 타고 바다를 건너니 곧장 아프리카라는 대륙, 모로코라는 도시에 닿았다. 유럽의 낭만과 아프리카의 향기, 이슬람의 조금은 낯선 문화가 어우러진 모로코는 사하라 사막과 짙은 숲, 에메랄드빛 바다가 공존하는 곳이었는데, 여기에 첨단의 도시 풍경도 더해져 지금껏 느껴보지 못한 묘한 감흥을 자아내게 했다. 그리고 그 속을 면밀하게 잘 걷다 보면 사람의 향기를 감각할 수 있었다.

모로코에 도착해 곧장 페즈Fez로 향했다. 아직도 기계의 힘보다 사람의 땀과 정성을 만날 수 있는 곳, 숙련된 장인들이 다양한 수공예품을 만들고 있는 곳이다. 페즈의 복잡한 골목 안에는 인심, 시끌벅적함, 혼란, 열정, 호기심 등 우리가 골목에서 기대할 수 있는 모든 것이 있었다.


그곳은 미로였다. 지금껏 내가 경험해 보지 못한 깊고 아득한 미로였다. 게다가 완벽했다. 이 복잡한 골목은 계획된 미로였는데 외침을 막기 위해 의도적으로 만들었다고 한다. 이런 이유로 페즈에서는 아무리 뛰어난 방향 감각을 갖고 있는 사람이라고 해도 한 번쯤은 길을 잃는다. 나처럼 길에 어수룩한 자는 자주, 아니 언제나 길을 잃어야만 했다. 아무튼 이곳에서는 길을 잃을 수밖에 없고 헤매지 않으면 돌아올 수 없다.

9,000개의 골목으로 이루어진 이 낡고 작은 도시는 중세

이후로 한 번도 변한 적 없는 모로코의 역사 그 자체다. 나는 이 복잡한 골목 어귀에 서서 이상한 희열을 느꼈다. 만약 골목이 한 권의 이야기책이라면 이곳은 세상에서 가장 큰 책의 수준을 넘어 도서관쯤 되지 않을까. 마음이 두근거리기 시작했다. 골목 하나가 하나의 문장이라 쳐도 이 골목을 다 걷고 나면 아주 두꺼운 책 한 권을 읽게 되는 것이다. 나는 의도적으로라도 길을 잃고 싶다는 생각으로 매일 숙소 문을 나섰다.

팔을 펼치면 닿을 넓이. 때로는 비스듬히 걸어야 겨우 빠져나갈 수 있는 골목이 이어지다가 꺾어지면 갑자기 작은 아이들이 올망졸망 손을 맞잡고 걸을 만큼은 되는 폭으로 넓어진다. 예측 불가능한 골목이었다. 상상에도 없던, 상상하지도 못했던, 한 걸음을 채 못 가서 휘어지거나 갑자기 막다른 골목이 나오기도 했다. 두 명이 걸어도 어깨가 스치거나, 앞선 사람을 앞질러 가지 못할 넓이의 좁고 답답한 골목이 어떨 땐 부담스럽게 느껴지도 했다. 그때마다 불안한 마음으로 고개를 들면 파란 하늘이 조각보처럼 펼쳐져 있었고, 건물과 건물 사이 동굴 속으로 떨어지는 것처럼 햇살이 내려왔다. 나는 그 골목에서 뭔가 아늑한 불안함을 느꼈다.

사람들의 손때가 역사처럼 묻은 벽은 반질반질하게 빛을 내고 있었고 해석할 수 없는 언어들 사이를 걷다 보면 방금 나온 숙소의 방향을 가늠할 수조차 없었다. 살아오면서 체득한 모든 감각을 동원해 봐도 어느 방향으로 몇 번을 꺾었는지 전혀 알 길이 없었다. 하지만 걱정하지 마시라. 이상하게도 그럴 때마다 "어이 친구, 어디로 갈 거야?" 하고 말을 건네는 사람들이 있다. 물론 야속하게도 세상에 공짜는 없는 법. 얼마간의 수고비를 내놓고 나서야 당신이 지나왔던 길의 궤적을 발견할 수 있을 것이다.

많은 여행자들이 호기롭게 첫발을 내딛었다가 매번 길을 잃고 만다. 하지만 길을 잃은 그 누구도 자책하지 않는다. 그들은 오히려 골목골목마다 숨어 있는 보물들을 발견하고서는 기뻐한다. 아름다운 이슬람의 문화가 그대로 새겨진 커다랗고 화려한 출입구 밥부즐루드Bab Bou Jeloud. 그 문에 들어서면서 세상은 달라진다. 대부분의 여행자들은 페즈 최고의 명소인 가죽 염색 공장을 찾아가다가 길을 잃지만, 사실은 그보다 더 귀중한 것들이 길을 잃는 것과 동시에 나타난다. 좁은 골목마다 호객을 하거나 야유를 보내거나 질문을 해대는 사람들이 기다리고 있다. 험한 사람도 있고 다정한 사람도 있다. 이들 모두가 골목에 살고 있다. 그들과 눈을 맞추고 나란히 걸어야만 골목을 통과할 수 있었고 골목을 빠져나올 수 있었다. 그 골목에는 세상의 모든 삶이 이어져 있는 듯했다. 그 삶은 거장의 작품처럼 난해했고 때로는 성의 없는 낙서처럼 부실해 보이기도 했다. 또 어떤 삶은 오래된 이야기처럼 다정했고 상상력을 자극하기도 했다.

그렇게 며칠 동안 천년의 골목을 걸어 다녔다. 의도적으로 길을 잃을 심산으로 매번 다른 골목을 선택하며 걸었다. 숙소를 나선 지 얼마 지나지 않아 늘 길 잃기를 반복했지만 단 한 번도 숙소로 돌아오지 못한 적은 없었다. 골목을 찾지 못하고 멍하니 서 있을 때면 깊고 좁은 골목으로부터 모스크의 아잔azan 소리가 자주 울려 퍼졌다. 그럴 때면 어느 집 문 앞에 잠시 멈추어 앉아 방금 걸어온 골목의 소실점을 찾았다. 아잔의 신성한 소리가 마치 나의 발을 묶어 놓은 것처럼 나는 잠시 멈추고 주위를 살폈다. 사람들은 기도 소리처럼 느리게 움직였다. 귀여운 고깔모자가 달린 젤라바djellaba를 입은 노인도, 화려한 스카프를 한 아가씨도, 한낮의 고양이도 느리고 느리게 걸었다.

한평생 이곳을 걸어온 사람들은 느리구나. 방향도 모른 채 걷는 나의 걸음보다 더욱 느리구나. 나는 골목의 형태에 맞춰 사는 걸음걸이를 조금이나마 이해할 수 있었다. 미로처럼 얽혀 있던 골목의 끝이 조금씩 환해지고 있었다.

# 내 삶은
## 조금씩 회복하고 있었지

이 복잡한 골목에서는 조금 더 천천히 걸어야 알 수 있는 것들, 볼 수 있는 것들이 있다. 이곳에서 평생을 살아온 사람도 간혹 길을 잃는 경우가 있다고 했으니, 우리는 그들보다 더욱 천천히 그리고 신중하게 골목을 걸어야 할 것이다. 천천히 걸으면서 만나는 모든 것들을 자세히 관찰하고 정성 들여 내 안에 담아내는 일은 이곳에서 배운 삶의 태도다. 세상에서 가장 오래된 골목. 9,000개의 골목 안에 9,000개의 삶의 태도가 복잡하게 얽혀 있었다.

간혹 내 앞에 놓인 복잡한 삶의 문제를 마주할 때면 나는 페즈의 골목을 떠올린다. 그때처럼 낯선 문 앞에 멈추어 앉아 내게 놓인 길을 바라보던 그 순간을 생각한다. 난처하고 망설일 때마다 누군가 나타나 내 손을 잡아 이끌어 주었던 때를 떠올린다. 천천히 걸어가다 보면 끝부터 서서히 밝아오던 골목의 풍경들을 생각한다. 그럴 때마다 나는 내 삶이 조금씩 회복하고 있다고 느끼곤 했다.

당신도 그곳에서 한 번쯤 일부러 길을 잃어봤으면 한다. 그리고 당신 안의 길과 당신 앞에 펼쳐진 험난한 길을 즐거운 마음으로 아무렇지 않게 빠져나오시길 바란다.

수도 라바트Rabat에서 기차나 CTM 버스로 3시간, 카사블랑카에서 4시간 30분 정도 가면 된다. 페즈의 복잡한 메디나 안에서 가장 유명한 볼거리는 세계에서 가장 오래된 가죽 염색 터인 슈와라테너리Chaouwara Tanneries와 화려한 이슬람 문화를 엿볼 수 있는 여러 모스크들이 있다. 보즈노드언덕에서 복잡한 페즈의 전경을 한눈에 내려다볼 수 있다. 모로코 전통 가옥을 개조한 여러 등급의 숙소가 있으며, 숙소에서 운영하는 1일 골목투어에 참여해 먼저 길을 익히는 것도 페즈를 효과적으로 여행하는 방법 중에 하나다.

우리가 만나야 할

약속의 장소를 정해야 한다면

그라나다, 스페인         Granada, Spain

Heart Of Gold

DIANA KRALL

스페인 안달루시아지방의 대표 도시 그라나다Granada는 '석류'라는 뜻을 가졌다. 어쩜, 도시 이름이 석류일까. 그 이름을 종이 위에 써 놓고 보면 새콤한 향이 차오르는 듯해 입속에 침이 고이곤 했다. 그라나다에 가기 전에도 그랬고 다녀온 이후로는 더욱 그랬다. 탐스러우면서도 소박한 그곳을 떠올릴 때마다 떠오르는 이미지가 있다. 그런데 분명 석류는 붉은 보석처럼 빛나는데 마음속에 떠오르는 그라나다는 온통 새하얗다. 왜일까, 왜일까. 아마 알바이신Albaicin과 알람브라 궁전 때문이 아닐까.

그 골목은
당신과 닮아서

그라나다는 800년을 빛낸 이슬람 문화와 그 뒤를 이은 가톨릭 문화가 공존하는 오래된 도시다. 이 도시의 상징인 알람브라 궁전은 도시 어디서나 보인다. 도시의 성벽 안에는 이슬람과 가톨릭 문화가 화려하게 얽혀있는데, 아마도 이 궁전 안에 그라나다의 모든 비밀이 숨어있지 않을까 하는 생각을 해보곤 했다.

알람브라 궁전을 마주하고 있는 언덕, 알바이신. 이곳으로 이어지는 아름다운 골목에 매료되어 나는 오래도록 떠나지를 못했다. 여행자가 길 위에 걸음을 멈추고 가만히 서 있다는 것은 아주 많이 마음을 빼앗겼다는 뜻이다. 나를 멈추게 한 건 골목이었는데, 알바이신의 그 골목은 세상에서 가장 여유로운 모습으로 이어지고 있었다. 나는 어느 모퉁이에 멈추어 서서 어쩌면 이곳에 눌러앉을 수도 있겠다고 생각했던 것 같다.

산 니콜라스 전망대가 있는 언덕으로는 여러 갈래의 골목이 이어지지만, 결국 모든 골목은 마치 약속이라도 한 듯 한 곳에서 만나게 된다. 길을 잃고 싶어도 잃을 수가 없고 약속하지 않아도 만날 수 있다. 우리가 각자의 골목을 선택해 헤어져 걷더라도 그 골목의 끝에서 다시 조우할 수 있는 것이다. 만약 이 지구상에 나를 사랑하는 누군가가 있다면, 그래서 우리가 만나야 할 약속의 장소를 정해야 한다면, 이곳에서 만나자고 약속하겠다. 그 누구라도 이 새하얀 골목을 지나다 보면 사랑하지 않고서는 안 될 것이므로. 결국 만나고야 말 것이므로.

그렇게 아무 골목으로나 들어가서 천천히 걷는다. 걷다가 문득 뒤를 돌아보면 골목은 걸어 온 만큼 더 높아지고 깊어져 있다. 새하얀 집들과 집들 사이로 액자처럼 걸린 알람브라 궁전을 보게 된다. 전체를 볼 수는 없다. 집과 집 사이의 간격만큼, 골목의 넓이만큼 볼 수 있는 것이다. 모퉁이를 돌거나 꺾을 때마다 은밀하고도 중요한 비밀처럼 드러나는 매번 다른 모습의 알람브라 궁전. 나는 그 풍경을 사랑한다. 알람브라를 사랑하는 것이 아니라 골목 안에서 마주하는 알람브라를 사랑한다. 그것은 마치 당신과 닮아서 걷는 만큼 그 모습이 달라진다. 한참을 걷다가 골목 끝 광장에서 뒤돌아 보면 알람브라 궁전은 당신처럼 환하게 웃고 있다. 골목 속에서 조각조각 발견되던 궁전의 어느 부분들이 한꺼번에 맞춰지며 완벽한 모습이 만들어지는 순간 탄성이 쏟아져 나온다. 발아래 드러나는 그라나다의 완벽한 파노라마, 시에라네바다 산맥의 만년설을 병풍 삼아 펼쳐지는 언덕 위의 알람브라 궁전. 이 모든 풍경을 내가 가져간다. 비싼 값을 치르고도 관광객 인파에 떠밀려 다니면서 관람하는 것이 아니다. 내 안으로 온전히 끌어들이는 것이다.

나는 매일 그런 방법으로 알람브라 궁전을 조금씩 훔쳤다. 어떤 골목에서 성채의 탑을 더 잘 볼 수 있는지, 야경이 더 아름다운 골목은 어디인지, 그것은 골목과 나만이 아는 비밀이었다. 그 골목은 또한 친화력이 있어서 나는 매번 혼자 걸었지만 한 번도 혼자였던 없었다. 어느 날에는 밤의 가로등 아래에 선 집시의 구슬픈 노래가 등을 밀었고, 어느 오후에는 태양을 휘저어 놓은 듯한 플라멩코가 강렬하게 내 등을 떠밀었다.

좁거나 넓고, 가파르다가 잠시 부드러워지는 골목은 군데군데 시멘트의 흔적이 보였지만, 햇빛을 반사하는 둥근 자갈들 때문에 화사하게 보였다. 붉은 지붕 아래 회벽을 세운 집들은 집시의 웃음처럼 자유로웠다. 언뜻 보면 유럽의 흔한 골목 같았지만 이슬람의 향기가 짙었다. 이곳에는 아직도 옛 이슬람교도의 후손들이 살고 있는데, 그들은 여전히 향신료를 팔고 지중해를 건너온 아랍 물건들을 판다.

골목의 모습과 취향은 다양하다. 와인에 기꺼이 취할 수 있는 골목이 있고 춤과 노랫소리가 들리는 모퉁이가 있다. 어떤 골목에서는 종일토록 앉아 해바라기를 하는 노인이 있다. 어떤 골목에서는 그림을 그리는 화가들이 모여 있는데, 화가의 그림 속에도 알람브라 궁전은 별빛 아래 빛나고 있었다.

**새하얀**
**비밀의 골목**

복잡하게 얽혀있는 그 골목 안에서 만화경처럼 다양한 그라나다를 만났다. 바쁜 사람들은 여행을 와서도 여전히 바삐 움직였다. 궁전을 보러 왔다고 궁전만 본다면 그것은 궁전마저 보지 못한 것일 터. 궁전 매표소 입구에 줄지어 서 있는 사람들에게 말하고 싶었다. 그냥 가지 말라고, 그 골목을 걸어보라고. 궁전의 모든 비밀을 품고 있는 새하얀 비밀의 골목 알바이신을 꼭 걸어보라고. 큰길만 고집하는 사람은 큰길을 걷겠지만 가끔 골목으로 접어들어 골목의 속을 본다면, 그리고 그 속의 사람들을 만난다면 큰 길보다 더 큰 길을 걸었다는 것을 알게 될 것이다.

　나는 기억한다. 석류 알갱이보다 투명하게 빛나던 그날의 골목을. 그 골목 끝으로 사라지던 노을이 도시를 감쌀 때 나는 이 도시가 왜 석류라는 아름다운 이름을 가졌는지 비로소 알 수 있었다.


## 그라나다에 간다면　　　　　　　　　　• • •

하루 종일을 투자해도 아쉬운 알람브라 궁전뿐만 아니라 시내 곳곳에 그라나다 최대의 가톨릭 건축물인 대성당과 왕실 예배당, 박물관과 쇼핑거리 등이 있어 다리가 쉴 틈이 없다. 광장과 골목에서 즉흥적으로 펼쳐지는 플라멩코 공연을 즐겨 보자. 그라나다는 알람브라 궁전을 둘러싼 레알레호, 센트로, 알바이신 지구와 함께 집시들의 동굴 마을 사크로몬테까지, 여유를 두고 골목 이곳저곳을 기웃거려 봐야 할 도시다. 사크로몬테 동굴 안에서 집시 플라멩코는 꼭 봐야 한다. 다른 지역보다 음식문화도 잘 발달되어 있어 음료수만 주문해도 함께 나오는 수십 가지의 타파스를 경험하는 것도 좋다. 알람브라 궁전 관람을 위해서는 사전 예약이 꼭 필요하다. 그렇지 않으면 이른 새벽부터 긴 줄을 선다고 하더라도 표를 구하지 못할 수도 있다.

하루를 살면

하루가 축복이라 했으니

바라나시, 인도      Varanasi, India

'

사람들은 바라나시Varanasi를 갠지스Ganges라 부른다. 3,000년 고도 바라나시는 인도의 가장 오래된 도시 중 하나로 성스러운 강 갠지스를 끼고 있다. 그래서 사람들은 이곳을 바라나시라고 부르기 이전에 갠지스라고 부른다. 서울을 서울이라고 하지 않고 한강이라고 부르는 느낌이랄까.

연간 100만 명 이상이 갠지스강에 몸을 담그기 위해 찾아오는데 나도 그들 틈에 몇 번 끼어 있었다. 나는 바라나시에 머물며 이곳이 북인도에서 가장 유명한 도시가 된 이유가 여행자들 때문이 아니라 그들이 섬기는 신에 의해서라고 믿게 되었다. 사람들은 힌두의 성지 바라나시 그리고 갠지스강으로 와서 그들의 영혼을 기꺼이 바친다. 그 강과 강가로 이어지는 골목에 그들의 모든 삶이 있다고 해도 과언이 아니다. 대부분의 인도 사람들이 갠지스강에서 생을 마감하고 싶어 한다.

많은 여행자들이 갠지스강까지 이어지는 골목에 매료되어 아직도 헤매고 있다. 깊고 어두운 골목, 좁고 냄새나는 골목에 인생의 여러 가지 향기가 뒤섞인 채 이리저리 몰려다닌다. 소들이 태평하게 누워있고 지팡이를 든 사두들이 배회하는 골목. 아이들이 술래잡기를 하고 어른들의 삶의 터전이 되는 골목. 수천 개의 상점과 찻집 그리고 여행자들의 숙소가 몰려 있는 골목. 가난한 자들과 부유한 자들이 아무렇지 않게 공기처럼 자유롭게 어울려 사는 그 골목. 나는 자주 그 깊은 골목을 걸었다.

## 인간의 모든 생사가
## 이 골목에 있어서

인도의 수도 뉴델리나 콜카타에서 출발한다고 하더라도 바라나시까지 가기는 쉽지 않다. 기차를 타면 꼬박 하루가 걸린다. 기차가 바라나시역에 도착하면 그때부터 다시 피곤함이 시작된다. 나는 여러 번 이곳을 여행했지만 여전히 익숙하지 않고 이해할 수 없는 일들이 눈앞에 버젓이 펼쳐진다. 버스와 트럭, 멋진 자가용과 움직이는 것이 불가사의하게 보이는 낡은 자동차, 오토바이를 개조한 오토릭샤와 순전히 사람의 힘으로 이동되는 사이클릭샤, 여기에 소와 개 그리고 이 전부를 다 합친 것보다 많은 보행자들이 아무렇게나 길을 건넌다. 하지만 신기하게도 그들 사이의 충돌은 아직 한 번도 보지 못했다. 이것이 신기하고 이것이 또 피곤했다. 매번 그렇다.

이 피곤함을 무사히 극복하고 숙소까지 왔다면 그때부터 바라나시의 진정한 여행이 시작된다. 건물과 건물이 이마를 맞대고 남은 공간에 골목이 생겨났다. 길이 먼저 생기고 집이 들어서는 게 아니라 집을 짓다 보니 골목이 할 수 없이 생긴 것처럼 바라나시의 골목은 난해하다. 그래도 막힌 곳은 없다. 좁거나 어둡거나 복잡한 골목은 있어도 막다른 골목은 없다.

처음 바라나시에 도착했을 때 갠지스강을 찾아다니는 재미에 빠져있던 날들이 많았다. 그러다가 골목의 매력에 빠져 이곳을 떠날 배낭을 오래도록 다시 꾸리지 못했다. 강을 찾으러 나섰다가 길을 잃고 골목을 헤매길 여러 번이었다. 골목을 지날 때마다 손짓하는 찻집 주인과 내 뒤를 졸졸 따르던 꼬마들. 흥정하자고 마음을 먹으면 하루 종일도 할 수 있지만 알면서도 속아줘야 하는 젊은 주인이 있었고, 물건을 팔 생각은 하지 않고 같이 앉아 차나 한잔 마시자던 노인이 있었다. 학교 같지 않은 건물에 학교가 있어 학생들이 드나들었고, 공장이라고 생각할 수조차 없는 곳에서 신기한 물건이 만들어졌다. 머리 위로 원숭이들이 뛰어다니며 건물과 건물을 넘나들었고, 커다란 소가 길을 막으면 사람들은 눈치를 보며 비켜 다녔다. 하루에도 몇 차례씩 시체의 행렬이 이어져도 슬픔의 여운은 그 혼잡한 골목에서 오래 이어지지는 않았다. 골목 깊숙한 곳에 자리한 어느 숙소에는 죽음이 임박한 사람들이 죽을 날을 맞이하러 오기도 했다. 골목의 모든 길은 갠지스로 향하고 있었기 때문에 골목을 걷다 보면 인간이 태어나서 죽을 때까지 이루어지는 거의 모든 생사의 일을 만날 수가 있었다. 말하자면 골목 하나가 한 사람의 일생인 것이었다.

대부분 오래된 여행자라면 갠지스를 예찬하기 전에 복잡하고 어지러운 그 골목을 더 사랑한다. 살면서 한 번도 느끼지 못한 인간의 거의 모든 일이 얽혀 있는 골목. 때로 아무런 일도 일어나지 않으면 오히려 이상하던 그 골목.

## 꽃을 띄우는 마음으로
## 살아야지

사람들이 자꾸만 갠지스로 몰려왔다. 모든 죄를 사하고 새로운 마음으로 살 수 있는 면죄부의 강, 그래서 어머니의 강이라 불리는 갠지스. 그들은 그렇게 믿으며 붉은 흙탕물 속에 몸을 담갔다. 세수를 하고 이를 닦았다. 갠지스의 물로 차를 끓였고 빨래를 했다.

이 강에는 시체를 태운 재들이 떠다니고 죽은 자의 몸을 덮고 있던 꽃송이들이 떠다닌다. 하루 종일 시체를 태우는 강가에는 털 빠진 개들이 배회하고 게으른 소들이 낮잠을 잔다. 이토록 이상한 곳에 사람들은 생을 축복하고 생을 마감하러 온다. 도저히 이해할 수 없는 일이다. 어둡고 질척한 긴 골목을 겨우 빠져나오면 만나게 되는 강. 푸른빛은 고사하고 맑지도 않은 강물에 이토록 열광하다니. 사람들은 그곳에서 소원 아닌 기도를 한다. 작은 종이 접시 위에 꽃을 뿌리고 초를 얹어 강으로 띄워 보낸다. 그 마음이 아름답다.

그래서 나는 기도를 한다. 복잡한 골목과도 같은 삶을 다 끌어안고 살아가는 사람들이 부디 좋은 마음이 되어 살게 해달라고 말이다. 이 강을 신의 강으로 만든 것은 그들의 간절한 마음이 아닐까. 아마도 세상의 모든 것은 마음에서 비롯될 것이다. 마음에서 시작되지 않는 것은 어딘가에 닿을 수 없으므로.

바람마저 불지 않는 한낮의 혹독한 더위도 강가에 모인 사람들의 마음과 두 손에 모은 열기보다 뜨겁지 않다. 골목을 빠져나와 강가에 발을 담근 사람들 모두가 그랬다. 하루를 살면 하루가 축복이라 했으니 그들이 꽃을 띄우는 심정이 그럴 것이다. 사는 것이 모두가 감사라고 생각하면 이 복잡한 골목도 그 끝에 걸린 강도 지저분하거나 더럽거나 아무런 상관이 없을 것이다. 그 속에서 가장 아름다운 것을 발견하는 법을 그들은 이미 알고 있었으므로.


## 바라나시에서는 무조건 돌아다닐 것 • • •

갠지스강 강가에는 가트(강으로 이어지는 계단)가 아주 많다. 그 중 다샤스와메드, 하리시찬드라, 빤치강가, 아시 가트가 아주 유명하며, 이곳에서 많은 볼거리와 이벤트가 이루어진다. 매일 밤 가트에서 열리는 아르띠 푸자Arti Pooja(시바신에게 바치는 의식)는 꼭 볼만한 풍경이다. 그밖에 두르가 사원, 베나레스 힌두 대학 등 많은 볼거리가 있다. 자신이 머무는 지역의 가트에 앉아서 강을 바라보시길. 일출이나 일몰 때 보트를 타고 강을 건너서 바라나시를 바라보시길. 그렇지만 바라나시를 가장 잘 이해하는 방법은 무조건 돌아다니기이다. 그 이상의 여행이 없다. 사원을 출입할 때는 신발을 벗어야 하는 곳이 많으며 화장터에서 사진 촬영을 하는 것은 금지되어 있다.

골목 끝

미풍처럼 번져오던 미소들

만달레이, 미얀마        Mandalay, Myanmar

The Road To Mandalay
ROBBIE WILLIAMS

모든 것은 갑자기다. 허름한 게스트하우스에 갑자기 정전이 되면 잠깐 암흑의 시간 동안 나는 아주 많이 젊어지곤 했다. 어릴 적 비 오던 날이나 천둥 치던 날에나 한 번씩 겪었던 정전. 그때마다 아버지는 초 한 자루를 조심스레 켜곤 했다. 나 역시 이제 그 나이가 되어 다시 정전의 시간을 맞이한다. 내가 잠시 과거로 온 건지 이곳의 시간이 이대로 멈춘 건지 알 수가 없다. 깊은 암흑의 시간에도 빛을 잃지 않는 환하고 고요한 풍경 하나 있는데, 그 풍경이 나를 젊어지게 만든다. 그날, 고요한 아침의 골목에서 만났던 침묵의 시간. 그 골목에서 마주한 진지한 얼굴들이 나의 표정을 바꾼다. 밤이 아무리 길어도 날은 끝내 밝는다. 이렇게 생각하며 나는 캄캄한 방안에서 웃고 있다.

**맑고 고요해서**
**그 광경이 장엄해서**

만달레이는 한때 미얀마 왕국의 수도였고 지금은 제2의 도시다. 하지만 아직도 가끔 정전이 찾아올 만큼 낡은 풍경을 지닌 곳이다. 곳곳에 여전히 비포장 길이 남아있고, 그 위를 오래된 자동차들이 아무렇지도 않게 굴러다닌다. 이 도시 한가운데 자리 잡은 만달레이 궁전 앞에 잠시만 서 있어도 이곳의 사정이 어떤지를 거칠게나마 짐작할 수가 있다. 길 위에는 달릴 수 있는 거의 모든 교통수단이 복잡하게 얽혀 있고, 그 사이를 스님들이 유유히 걸어간다. 이들에게 경의를 표하는 사람들이 있고 하루 벌이를 위해 부지런히 앞으로 나가는 사람들이 있다.

미얀마에서 가장 많이 보이는 것이 황금색 탑(파고다)이다. 어디서나 보이며 언제나 모든 것의 중심이 된다. 미얀마는 인구의 90퍼센트 이상이 불교를 믿는 나라다. 한 집에 한 명 이상은 스님이 있다고 할 정도로 어딜 가나 샤프란색 승복을 입은 스님들을 자주 만난다. 미얀마 사람들의 삶에 깊이 들어와 있는 종교적인 태도가 낡고 불편한 이 모든 것들을 아무렇지도 않게 여기게 만드는 것일까. 미얀마에 그리고 만달레이에 와야겠다고 처음 생각했던 건 어느 사진첩에서 보았던 탁발승의 행렬 때문이었다.

만달레이에 도착한 다음 날 이른 아침, 그 풍경을 보기 위해 급한 마음으로 숙소를 나섰다. 도착한 곳은 마하간다용 수도원. 나를 수도원 입구의 골목에 데려다 준 어린 오토바이 운전수는 공손하게 두 손을 가슴 앞에 모으며 내게 인사했다. 작은 사원들이 즐비한 골목에서는 신선한 아침의 향기가 났다. 골목이 아니라 아침의 향기. 이미 많은 사람들이 골목을 서성이고 있었다. 모두가 행렬은 어느 방향에서 시작될까 하고 궁금해하는 눈치였다.

그렇게 골목의 눈치를 살피는 동안 세계 최대의 탁발(탁
밧)은 시작되었다. 정전 끝에 다시 전기가 들어와 전구가 환
하게 켜지듯 갑자기 말이다. 커다란 고목나무가 서 있는 골
목 끝에서 어린 동자승이 줄지어 걸어 나오더니 끝이 보이
지 않도록 이어진다. 점, 선, 면. 파르라니 깎은 머리들이 처
음에는 하나의 점이었다가 선처럼 길게 이어진다. 마침내
면을 이루어 움직이는 담장처럼 보인다. 붉은빛 승복의 행
렬은 거친 골목으로 스며드는 햇살처럼 끊어지지 않는다.
이렇게나 많은 승려들이 어디서 나타난 건지, 어찌 그리도
맑고 고요한지. 그 광경이 장엄하다. 매일 태양이 뜨는 것을
누구도 막지 못하듯 그 행렬에 어떤 소란이나 방해가 없다.
이런 광경을 처음 만나는 사람들은 오로지 줄지어 늘어선
수많은 발걸음을 따라 시선만 옮길 뿐 누구도 말이 없다.
이 좁은 골목에서 세상의 모든 아침이 열리는 것만 같다.

이 골목에만 천 명이 넘는 승려들이 있고, 그들은 매일 아
침을 공양으로 시작한다. 맨발로 길을 나서서 공양 그릇에
시주를 받는 일로 수행의 처음을 연다. 철저한 무소유를 위
한 수행의 일환이다. 사람들에게 공양받은 음식으로 자신
을 키우고, 더 가난한 사람에게 다시 나누는 일로 평생의
아침을 밝힌다. 소유하지 않는 삶. 그것으로 인해 얻은 것을
다시 곁의 사람들에게 나누는 일. 어린 동자승부터 노승에

이르기까지 이 대열은 오로지 하나의 마음으로 이어진다. 그것을 지켜보는 자, 지켜보는 것만으로도 탁발 행렬이 한 줄기 햇살 같음을 느낀다. 스님들이 가진 것은 단 하나, 공양 그릇뿐이다. 그들은 오직 마음으로 걷고 믿음으로 나아간다.

 스님들의 행렬 사이로 아침 햇살이 비추기 시작한다. 공양 그릇 하나에 아침 해가 하나씩 담겨 있다. 어린 동자승들은 그것을 조심스레 안고 수도원 안으로 사라졌다. 그들의 엄숙함으로 잠시 나의 눈은 맑아졌다. 내 입은 침묵했지만 마음은 몹시 분주했다. 행렬을 바라보는 나와 그들 사이 헤아릴 수 없는 많은 생각들이 피어나 나를 바쁘게 했다.

 탁발 행렬이 끝나고 텅 빈 골목에 서서 나는 한동안 자리를 뜨지 못한다. 내가 가진 것을 지키기 위해 힘을 쓰는 일은 신성한 일이겠으나 그것을 나누는 일에 대해서는 나의 일이 아니라 생각했던 날들이 있었다. 나는 늘 부족하고 모자라므로 더 이상 나눌 게 없다고 생각하던 그 마음이 좁은 골목처럼 편협하다. 길 위에서 만났던 많은 사람들이 내게 던져주었던 미소와 친절과 그들의 기도를 생각한다면 세상에 나누지 못할 삶은 그 누구에게도 없다는 것을 잘 알았지만, 내 안의 욕심들을 어쩌지 못해 나는 언제나 허기에 시달릴 수밖에 없었던 것 같다.

# 기도는
## 햇살처럼 사람을 비출 것이고

간밤 정전의 시간 동안 어둠 속에서 잠깐 보았던 나의 어린 시절, 미얀마는 그렇게 어떤 일생을 순식간에 과거로 돌리는 힘이 있다. 풍족하지 못해 불편해도 가는 곳마다 손 흔들어 인사하던 사람들, 그들의 미소는 낯선 골목 끝에서 미풍처럼 다가왔다. 골목마다 오고가는 사람들 모두가 부처에게서 잉태된 사람들처럼, 온화하게 올라간 그들의 입꼬리는 내가 닮을 수 없고 흉내 낼 수 없는 얼굴들이었다. 그들 때문이다. 그들이 내 안에 있어 캄캄한 밤에도 나는 환할 수 있었던 까닭은.

오늘도 사원 옆 우베인 다리U Pein Bridge 위로 해가 저문다. 허공에 위태롭게 매달린 다리 위로 세상에서 가장 아름다운 노을이 지고 있다. 깜깜한 밤을 지낸 태양이 내일 또다시 그 골목에 찾아들어 온 사람들에게 따뜻한 아침햇살을 기도처럼 비출 것이라 믿는다.


만달레이에서 꼭 가볼 곳                  • • •

여행자들에게 미얀마는 천국 같은 곳이다. 하지만 정치적인 이유로 국경이 차단될 때가 많아 사전에 충분히 알아보고 준비해야 한다. 수도는 양곤이 아니라 네피도다. 여행자들은 대부분 양곤으로 들어와 기차나 버스 또는 비행기로 주변 도시들로 이동하지만, 되도록이면 기차나 버스를 이용하기를 추천한다. 미얀마는 세상에서 가장 순박하고 친절한 사람들이 사는 곳이다. 이동하면서 만나는 사람 그들 자체가 훌륭한 여행이 된다. 만달레이에서 꼭 가볼 곳은 도시를 한눈에 내려다볼 수 있는 만달레이 힐이다. 미얀마의 3대 불교성지 중 한 곳인 마하무니 파고다를 비롯해 700개가 넘는 탑과 만달레이 궁전을 볼 수 있다. 따웅타만 호수를 가로지르는 우베인 다리는 총길이 1,209미터로 세계에서 가장 긴 목조다리다. 저렴한 오토바이 투어를 이용하면 오토바이 뒤에 앉아 만달레이의 거의 모든 유적과 시내 곳곳을 그곳 사람들처럼 돌아다니며 만끽할 수 있다.

인간이 만든 거대한 자연

What A Wonderful World
NAKASHIMA MIKA

사월, 한국은 봄이 한창이었지만 그곳은 아직 겨울의 끝에 매달려 있었다. 나는 뭔가 잘못을 저지른 학생처럼 빌딩 그늘에 서서 벌을 받는 기분으로 조심스레 사방을 둘러보았다. 모든 이들이 바람처럼 가벼웠고 그들의 발걸음은 자연스러웠다. 이상하다, 이 도시. 분명 사람들이 거리를 활보하는데, 높은 빌딩 사이로 수많은 사람들이 바삐 오고 가는데, 골목이 없다. 골목이란 자동차가 다니는 번잡한 곳을 벗어난 사람들이 거주하는 좁은 길이여야 하는데, 희한하게 골목이 없다. 잠시나마 깊은 골목에 숨어 서서 이 도시의 눈치를 살피며 골목에 관한 학습을 해야겠다는 마음은 그렇게 산산이 부서졌다. 하지만 얼마 지나지 않아 이 도시에는 골목이 필요하지 않다는 것을 알게 됐다. 세계에서 가장 번화한 도시. 철저하게 계획된 모든 거리가 모범생처럼 반듯하고 정확하고 명확하다는 것을 알게 됐다. 빌딩과 사람과 자동차가 나란히 움직이는 도시 뉴욕. 나는 어느새 아무렇지 않게 그들 사이를 걷고 있다. 높이 솟아오른 빌딩들을 풍경이라고 여기고 그들과 어깨를 나란히 하고 걷는다.

## 스스로 지키는 것으로부터
## 시작되는 자유

공부도 잘하고 운동도 잘하던 부잣집 친구가 있었다. 코흘리개 시절에도 참 부러웠던 그 친구가 어느 날 홀연히 미국으로 이민을 갔다는 소식을 들었다. 그곳이 뉴욕이었는지, 샌프란시스코였는지는 모른다. 어린 마음에 미국으로 가는 사람들은 공부도 잘하고 모든 것이 완벽한 사람이어야 가능할 것이라고 혼자서 생각한 적이 있다. 지금 생각해 보니 참 유치했다. 그런데 왜 지금 이 빌딩의 그늘에서 그때가 다시 떠오른 것일까?

거대한 아메리카 대륙 동북부에 붙은 작은 섬에 이 세상 모든 것이 모여 있다. 골목이 없는 곳을 골목처럼 누비는 사람들과 자동차들이 친구처럼 지내는 곳. 삭막해 보이는 사람의 길과 자동차의 길이 묘하게 공유되고 있다. 경쟁하듯 솟아오른 빌딩과 빌딩. 빌딩으로 시작해서 빌딩으로 끝이 나는 곳. 뉴욕을 다녀온 사람들은 한동안 여러 가지 모양의 빌딩만 머릿속에 짙은 잔상으로 남는다고 했다. 뉴욕의 마천루 속에 서 있으면 이것은 분명 인간이 만든 자연이 아닐까 하는 생각이 든다. 세상의 모든 값어치가 이 빌딩들 사이에서 계획되고 태어난다. 인간이 만든 가장 치밀하고 거대한 도시. 그래서 완벽이라는 단어가 전혀 이상하지 않은 도시. 어떤 이유에서든 전 세계의 이목이 날마다 이곳으로 집중된다. 그러니까 뉴욕은 똑똑한 사람만이 살아갈 수 있는 도시가 맞을 수도 있겠다.

뉴욕은 16세기에 영국 탐험가가 발을 디디며 그 역사가 시작됐다. 뉴욕에는 모두 다섯 개의 구역이 있는데, 맨해튼은 그중 가장 번화한 지역이다. 인디언의 언어로 '많은 언덕의 섬'이라는 뜻을 지니고 있다. 맨해튼에는 세계 금융을 움직이는 월스트리트와 수많은 공연장과 미술관 그리고 유수의 언론사가 모여 있다. 세계의 유행을 선도하는 온갖 브랜드도 이곳에 집중되어 있다. 골목이 없는 도시이지만 골목보다 잘 정리된 구획으로 나뉘어 있다. 동서남북의 각 블록은 불과 도보 1~2분 거리의 간격으로 반듯하게 자리 잡고 있어 표지판만 잘 본다면 길을 잃을 일은 전혀 없다.

역사가 짧은 미국이라지만 최첨단의 시설만 가득할 것 같은 이곳에도 네덜란드와 영국의 지배를 받을 당시 흔적이 곳곳에 남아있다. 그러니까 최첨단과 과거가 서로 껴안고 있는 것이다. 엄청난 높이의 빌딩들 사이에서 유유히 자신의 존재를 드러내고 있는 과거의 상징들. 세련된 이곳 사람들은 과거와 현재를 구분 짓지 않고 그들만의 공간을 적절하게 활용하며 도시가 가져다주는 편리함을 최대한 누리고 산다.

뉴욕에는 아직 봄이 오지 않았다. 원래 뉴욕은 유행의 변화는 빠르지만 계절의 변화는 한 박자 정도가 느린 곳이라고 한다. 그런데 센트럴파크를 거닐다 보면 도시의 계절과는 상관없는 또 하나의 계절이 펼쳐진다. 아무리 인간의 능력이 뛰어나다고 해도 계절은 만들어 낼 수가 없는 것인데 이곳으로 들어서면 오직 이곳만의 계절이 펼쳐지는 것이다. 이곳이 도심인지 산속인지 착각에 빠지게 할 정도로 울창한 숲. 초록의 이 넓고 깊은 숲은 뉴욕의 계절을 잊게 만든다. 숲 너머 사방으로 뾰족한 마천루들의 꼭지점들이 거대하지만, 분명 이 공원은 도시에서는 쉽게 상상하지 못할 크기의 자연이다. 지친 도시의 일상을 온전하게 보상받을 수 있는 공간. 어쩌면 뉴욕의 진짜 모습이 이 공원 안에 있을 수도 있다. 공원 곳곳에는 도시의 일상에 지친 사람들이 편안하게 발을 뻗고 자유롭게 숨을 쉬고 있다. 그들은 지금 충전 중이다. 아무리 첨단의 혜택을 받는 뉴요커라도 자연이 주는 행복은 분명 따로 있다는 것을 알고 있기에 그들은 센트럴파크를 귀한 공간으로 여기고 아낀다.

800개 이상의 언어가 소통되는, 미국에서도 인구밀도가 가장 높은 곳 뉴욕. 한때 자유를 찾아서 많은 이주민들이 바다를 건너 이 대륙으로 건너 왔다. 조그마한 엘리스섬에 거대하게 서 있는 자유의 여신상은 이민자들이 이 도시에 무사히 착륙했음을 알리는 아이콘이다. 지금도 여신은 오른팔을 높이 들어 자유를 갈망하는 사람들을 반겨주고 있다. 낯선 땅에 겨우 안착해 살면서 각자의 자유를 어떠한 방식으로 누리는지는 자세히 모르겠지만, 이곳이 많은 사람들이 자유를 갈망하는 곳임에는 분명하다. 다만 이 자유의 땅에서 지불해야할 많은 것들을 생각하면 이곳의 자유가 어쩌면 온전한 자유가 아닐지도 모른다는 생각이 들기도 한다. 오차 하나 없는 뉴욕 빌딩의 틀림없는 각도와 자로 잰 듯한 거리의 방향처럼 만약 어느 것 하나라도 자칫 흐트러지거나 비뚤어진다면 높이 들어 올려진 여신의 오른 팔도 무효가 되지 않을까. 이 도시에 들어선 이방인으로서 인내해야 할 것들이 오래전 그때나 지금이나 비슷한 마음의 무게로 느껴지는 건 어쩌면 이런 반듯함과 정확함 때문인지도 모른다.

## 나는 잠시
## 여행자의 마음으로 걸었다

세상의 모든 자유가 그러할 것이다. 자유는 스스로를 지키는 것에서부터 시작될 것이니, 이 번잡한 도시에서 자유롭게 움직이려면 자유를 누리는 연습이 필요하겠다는 생각도 든다. 나는 지금까지 단 한 번도 우등생으로 살아본 적이 없어서 그런 것일까, 골목 없는 이곳에서 오래 살기보다는 여행자로 잠시 다녀가는 게 좋겠다 싶다.

　나는 그런 가벼운 마음으로 이 거리를 걸었다. 그래서 걸음걸이는 그 어느 때보다 활기찼던 것 같다. 여행자의 마음으로 걸었으니 그랬던 것 같다. 뭐, 그러면 된 거 아닐까.


## 뉴욕을 효과적으로 여행하는 방법　　　• • •

사흘 이상 머물 계획이라면 시티투어 버스로 여행의 처음을 시작하는 것이 좋겠다. 아무리 방향 감각이 뛰어난 사람이라고 해도 며칠 안에 이 도시의 구조를 머릿속에 넣기가 힘들기 때문이다. 시티투어 버스로 도시를 일단 한 번 둘러보고 난 다음에 상세한 이동 경로와 각자의 목적에 맞는 계획을 세우는 것이 좋다. 시티투어 버스는 여러 회사가 있다. 관광 안내센터에서 자신의 일정에 맞는 회사를 골라 선택한 후 움직이면 된다. 맨해튼, 브루클린, 브롱크스, 퀸스, 스테이튼 아일랜드 이렇게 다섯 개의 뉴욕 중 단연 맨해튼이 가장 인기가 있는 곳이다. 맨해튼 한 곳만 하더라도 5일은 잡아야 어느 정도 볼 수 있다. 엠파이어 스테이트 빌딩 또는 록펠러 센터 전망대와 자유의 여신상, 타임스퀘어와 5번가 그리고 각종 박물관과 미술관과 센트럴파크 정도를 다니다 보면 비로소 뉴욕의 개념이 조금 잡힌다. 나이와 연령에 따라 다양한 혜택과 무료로 입장 가능한 곳도 많으니 각종 할인 패스를 미리 알아보고 떠나는 것도 뉴욕의 비싼 물가를 견디는 유용한 방법이다.

숙명처럼

당신을 만나고 싶은 밤의 골목

리스본, 포르투갈         Lisbon, Portugal

Barco Negro
MARIA ANA

'숙명'이라는 단어를 좋아한다. 거부할 수 없는 것. 피할 수 없는 것. 그것이야말로 진짜가 아닐까 생각했다. 진짜는 진심으로 채워지는 것이므로. 세상이 점점 복잡해지니 진심을 가지기가 어렵고 그만큼 진심을 보기가 점점 희귀해지고 있다. 그러다 보니 숙명이란 단어는 얼마나 더 생소해졌고 귀한 것이 되었나.

포르투갈 여행을 계획했을 때부터 이 두 글자, 숙명이라는 단어를 배낭보다 먼저 챙겼는지 모른다. 오래전 어느 카페에서 들었던 파두 때문이었다. 라틴어 Fatum숙명에서 유래한 파두Fado는 포르투갈의 전통 가요다. 이름도 알 수 없는 어느 여가수의 처연한 노래를 듣는 순간, 가본 적도 없는 포르투갈의 늦은 밤 골목이 머릿속에 선연하게 그려졌다. 그때부터 마음은 이 낯선 골목을 걷고 있었는지 모른다.

## 파두에 실려 오는
## 리스본의 마음을 따라

포르투갈의 수도 리스본은 이베리아반도에서 가장 길고 넓은 테주강을 끼고 있다. 처음 도착한 사람들 대부분은 자신의 눈을 의심할 것이다. 강 한가운데를 지나가는 거대한 4월25일다리는 샌프란시스코의 금문교와 닮아 있다. 하지만 그곳은 절대로 샌프란시스코가 될 수가 없다. 다리에서 등을 돌려 언덕 쪽을 바라보면 퍼즐처럼 빈틈없이 엮여 있는 도시가 보인다. 붉은 지붕과 회벽의 집들이 전형적인 유럽의 자태를 뽐내고 있는 이 도시는, 그러니까 아무리 신식 건물이 들어선다 하더라도 샌프란시스코가 될 수 없는 것이다. 1755년 대지진으로 인해 도시의 대부분이 파괴되었지만, 폼발 후작의 계획 아래 아름답게 재건된 도시는 유럽 문화 도시로 선정할 만큼 독보적 가치와 풍경을 자랑한다.

어느 흑백 영화에서 본 장면이었던가? 아니면 내가 바라던 마음속의 장면이 이랬을까? 상상 속에서 빠져나와 직접 대면한 리스본은 진한 바다 냄새로 먼저 다가왔다. 내가 도착했을 때는 가랑비가 내리고 있었는데, 어렴풋한 비 냄새도 약간 섞여 있었다. 내 앞을 육중한 트램이 어슬렁거리며 지나는 순간 '아, 나는 영화도 아니고 그림도 아닌 현실이 만들어 낼 수 있는 가장 이상적인 풍경 속에 있구나.' 하는 생각이 들었다. 모든 것이 조금은 낡아 있었고 모든 것이 한 박자쯤 느린 것처럼 보이는 그 도시에서 나만 마음이 괜히 들뜨고 급했다. 내 두 발은 나도 모르게 빠르게 움직였다.


더 짙은 어둠이 몰려오기 전 주소 하나를 들고 파두 공연장으로 향한다. 이곳에서는 버스보다 트램을 더 자주 볼 수 있다. 나는 트램에 올라타고 어둠이 내리고 있는 차창 밖을 구경한다. 트램은 완만한 경사의 언덕을 오르내린다. 차창으로 스치는 도시의 고풍스러운 풍경에 빠져 들어 내가 내려야 할 곳을 지나칠 뻔했다. 누군가 리스본에 도착하면 가장 먼저 해야 할 일이 트램을 타고 도시를 한 바퀴 돌아보는 것이라고 했는데, 그 말을 이해할 수 있었다.

트램은 수많은 언덕의 곡선을 따라 난 좁고 넓은 골목들 사이를 지난다. 트램이 지나는 느린 행보와 완만한 가락은 파두의 한 소절처럼 진지하고 품격이 있다. 온통 새로운 것들로만 무장하고, 높이 치솟는 건물만이 도시의 역할인 듯 경쟁적으로 거대해지기만 하는 여느 도시들과는 확연히 다른 정서를 품고 있다. 리스본의 정서는 무엇일까. 아마도 파두 공연을 보고 나면 조금은 알게 되겠지.


성 조르제 성 근처의 오래된 카페. 공연이 시작되기 한참 전부터 사람들의 건배가 시작되고 있었다. 누군가의 생일이거나 어떤 행사의 파티처럼 떠들썩한 분위기였다. 전혀 상상하지 못한 풍경이었다. 그들은 처음 보는 여행자에게 잔을 흔쾌히 내밀었고 의자를 먼저 내어주었다. 숙소를 나오기 전, 주인은 이곳에는 주민보다 여행자가 더 많다고 말했다. 그만큼 더 멋진 시간을 보낼 수 있을 거야. 그는 눈을 찡긋하며 이렇게 말했다. 잠시나마 그들과 어울리는 동안 작은 무대에는 불이 켜졌고 드디어 공연이 시작되었다.

기타는 가느다란 바람이 부는 것처럼 희미하게 떨렸다. 여가수의 목소리는 낮고 진지했다. 마치 자신의 내밀한 이야기를 들려주는 듯했다. 사람들은 눈을 감고 노래를 들었다. 나 역시 눈을 감았지만 어둠 속에서 그녀의 표정은 선명하게 떠올랐다. 허공을 맴도는 구슬픈 멜로디는 그녀의 아픔을 고스란히 실어 내게로 가져왔다. 살짝 눈을 뜨고 객석을 둘러보니 관객들의 표정도 노래를 부르는 여가수의 표정을 닮아있었다. 아마도 그녀의 시름에 전염된 탓이리라.

노래가 끝나자 관객들은 그녀에게 공감과 위로의 박수를 보냈다. 내게 전해져 온 그 노래의 뜻을 나는 알지 못하지만, 내가 이 도시에 처음 도착해 맡았던 바다와 비의 냄새가 고스란히 실려 있었다. 그녀의 노래는 이 도시 구석구석을 파고들면서 이어지던 오래된 골목의 리듬과도 닮아 있었다. 한 곡의 노래 속에 리스본의 풍경과 마음이 고스란히 담겨 있는 것이다.

내가 처음 파두를 듣고 혼자 상상만 하던 그 풍경 그대로였다. 그래서 더 좋았던 시간이었다. 그 밤을 처연하게 수놓던 진심 어린 음성과 친구인 듯 가족인 듯 박수를 보내던 사람들의 온화한 시간. 그것이 포르투갈의 정서라면, 그리고 리스본의 마음이라면 나는 이곳에서 영원히 파두를 들으며 깊은 골목을 돌아다니는 일을 자처하겠다고 마음먹었다. 포르투갈에 와서 파두 공연을 보지 않으면 포르투갈을 여행한 것이 아니라는 말. 그렇다면 나는 첫날부터 포르투갈에 자연스럽게 발을 내디딘 셈이다. 앞으로 이 음률을 또박또박 기억하며 내게 다가오는 풍경을 부지런히 살피면 될 일이다.

더 깊어진 밤, 그만큼 더 환하게 밝혀진 창문의 그림자를 밟으며 골목을 거니는데 뭔가 알 수 없는 감정이 가슴 속에 점점 더 높이 차 오른다. 그 여가수에게 파두는 숙명이었을까. 매일 밤 노래로 자신의 삶을 고백하고 예감하는 것이 그의 정해진 운명이었을까. 우리에게 운명이 있다면 삶을 굴리고 나아가게 하는 태도는 우리의 뜻대로 얼마든지 이룰 수 있는 게 아닐까. 한 곡의 노래만으로도 많은 사람들에게 깊은 감동을 선사하는 그녀의 자세처럼, 만약 내게도 숙명이라는 게 있다면 내가 나아가는 그 길을 조금 더 진중하게 걸어야겠다는 마음이 들었다.

**이 골목을 걷다 보면**
**당신 역시 나처럼**

리스본에서 보낸 날들은 화려하지 않았다. 오히려 소박했다. 그런데 그 소박함 속에는 묘한 매력이 가득해서 나는 그 도시에서 도저히 빠져나올 수 없었다.

아마도 당신도 그럴 것이다. 파두가 흐르는 밤의 리스본. 이 도시의 아름다운 골목 속을 걷다 보면 당신 역시 나처럼 이곳에 도착한 이유를 숙명이라 우기고 싶어질 것이다.

나는 이 골목을 숙명으로 만든 사람을 알고 있다. 가슴을 깊이 훑고 지나가는 파두 소리를 영원한 스스로의 위로로 만든 사람을 알고 있다. 노래는 허공으로 흩어져 소멸하는 것이 아니라 무한히 재생되어 그의 위로가 되어주고 있다.

그 낡은 밤의 골목에서는 지금도 이 아름다운 노래들이 나지막이 울려 퍼지고 있을 것이다. 이 말은 새로운 운명이 탄생하고 있다는 말이다. 당신이 관심 있다면 가서, 숙명의 그 골목을 걸어보시길. 새로운 숙명을 만들어 보시길.


## 리스본에 갔다면　　　　　　　• • •

리스본은 알파마, 벨렘, 리베르다드, 바이샤, 바이후 알투 등 크게 다섯 개 구역으로 나눌 수 있다. 각 지구마다 아름다운 광장이나 전망대 그리고 화려한 성당이 있다. 알파마 지구에 있는 포르타스 두 솔 전망대에 올라서 바라보는 리스본은 환상적이다. 이 밖에도 많은 전망대가 있으며 반드시 두 곳 이상의 전망대에는 올라봐야 한다. 성 조르제 성은 리스본에서 가장 오래된 성으로 이 성에서 바라보는 리스본 또한 여느 전망대 못지않은 경치를 선물

한다. 강을 끼고 있는 벨렘 지구에는 벨렘탑과 범선 모양의 발견 기념비 그리고 유네스코 세계문화유산에 등재된 제로니무스 수도원이 있다. 눈앞으로 펼쳐지는 타주 강의 풍경이 유려하다. 이 밖에도 각 지구마다 화려한 건물과 골목들이 이어진다. 세상에서 가장 맛있는 에그 타르트를 먹을 수 있는 곳이 바로 리스본이다. 소극장의 파두 공연을 보고 싶다면 숙소나 현지인에게 문의하는 것이 가장 좋은 방법이다.

낮고 아름다운

그리고 따뜻한

카이로, 이집트                      Cairo, Egypt

Hallelujah

K.D. LANG

생텍쥐페리의 소설 『어린 왕자』에서 여우는 어린 왕자에게 이렇게 말했다. "가장 귀한 것은 눈에 보이지 않아." 어린 왕자보다 더 작은 여우는 어쩜 그렇게 큰마음을 가졌을까. 바람이 많이 불어 모든 것이 흔들리던 카이로의 어느 외곽, 깊숙한 골목을 빠져나오면서 나는 잠시 동안이나마 내가 알지 못했던 아름다운 행성에 다녀온 것 같은 기분이었다. 향기로운 장미와 똑똑한 여우와 착한 왕자가 사는 곳. 귀하고 아름다운 것들을 마음으로 배워가던 어린 왕자의 행성과 시큼한 쓰레기 냄새와 뿌연 먼지가 날리는 이곳 골목과의 거리는 얼마나 멀까? 아마도 그럴 것이다. 여우의 말처럼 두 행성 간의 간격은 눈으로는 도저히 가늠할 수 없는 거리일 것이다. 오로지 마음으로 재봐야 가능한 곳. 먼지에 휩싸인 곳이었지만, 쓰레기가 켜켜이 쌓인 곳이었지만, 좁디 좁은 곳이었지만, 그곳은 세상에서 가장 아름다운 행성이었다. 나는 그 행성의 골목을 걸었다.

**쓰레기 더미에서**
**피어나는 아름다운 꽃**

이집트 비자가 3일이 남았을 때다. 숙소 주인은 더 이상 갈 곳이 없으면 모카탐Mokattam 쓰레기 마을을 다녀오는 게 어떻겠냐고 말했다. "카이로의 모든 쓰레기가 모이는 곳인데 그곳에는 아주 오래된 콥트교(이집트에서 가장 오래된 주교제의 기독교 교파)의 동굴교회가 있지." 그의 눈빛은 마치 은밀한 비밀을 몰래 발설하는 듯했다. 쓰레기 마을에 있는 콥트교의 동굴교회라…… 주인은 분명 콥트교 동굴교회에 가보라고 한 것이겠지만 나는 왜 쓰레기 마을에 마음이 더 끌리는 것일까. 이슬람의 박해를 받은 콥트교도들이 도망 와 뿌리내린 은신처. 더군다나 그곳이 쓰레기 더미라니. 나는 어쩔 수 없이 밀려난 자들의 외로운 삶과 그들이 만든 풍경이 사뭇 궁금했다.

바람이 심하게 부는 날이었다. 전날부터 타흐리르 광장은 시위대들로 가득했다. 여행자인 나로서는 그들이 왜 그러는지 알 수 없었다. 하루가 지나도 시위대들의 행렬은 수그러들지 않았고 나는 이른 아침, 폭풍 같은 불안한 분위기 속에서 택시를 탔다. 카이로 특유의 뿌연 공해가 안개처럼 햇살을 가리고 있었고 내가 탄 택시는 스산하고 적막한 풍경을 뚫고 쓰레기 마을을 찾아가고 있었다. 택시 기사는 몇 번이나 같은 골목을 맴돌고서야 도시의 한참 외곽에 위치한 그곳을 겨우 찾아낸 듯했다. 그렇게 택시는 나를 골목 어귀에 부려 놓았다. 먼지가 뿌옇게 날리는 골목에는 신문지가 바람에 떠밀리며 날아다니고 있었다. 도시에서는 볼 수 없었던 또 다른 황량함이었다.

나는 골목 입구에 서서 선뜻 들어서지 못했다. 진하게 진동하는 악취와 바람에 휘감기며 날아다니는 휴지 조각들이 만들어 내는 기이한 분위기 때문이었다. 빗물이 고인 웅덩이에는 하늘이 군데군데 담겨 있었는데, 삐거덕거리며 굴러가는 트럭이 하늘을 튕기며 흩뜨려 놓고는 뒤뚱거리며 사라지곤 했다. 이 풍경을 보며 제대로 찾아온 것엔 틀림없다는 확신이 들었다.

제대로 찾아왔다는 안도감보다는 예상치 못한 풍경 앞에 선 심란함과 당황스러움이 더 컸던 것 같다. 그래서일까, 나는 골목으로 선뜻 들어서지 못하고 한참을 망설였다. 골목 입구에서 잠시 마음을 가다듬는 시간 동안에도 쓰레기는 분주히 골목 안으로 실려 들어갔다. 때로는 당나귀의 등에 얹혀있기도 했고 낡은 트럭이 힘겨운 엔진 소리를 내뱉으며 실어 나르기도 했다. 삐거덕거리는 지붕을 맞댄 집들이 빈틈없이 이어지던 골목은 그나마 어둡지 않아 다행이었다. 다만 집들은 창문을 통해 햇볕이 들일 수 있는 구조가 아니었다.

집안에는 살림 대신 쓰레기들이 쌓여 있었다. 그것들이 그들에게는 재산이었다. 아마도 이것들이 돈이 되길 기다리겠지. 어느 방에는 플라스틱들이 쌓여 있었고 어느 집 거실에는 폐지들이 소파처럼 당당하게 자리를 차지하고 있었다. 아이들은 이 풍경 속을 아무렇지도 않게 드나들었다. 쓰레기로 미어터질 듯한 집들이 바람 꽉 찬 풍선처럼 위태로워 보였다. 직접 보면서도 도저히 믿기지 않는 풍경 앞에서 내 미간에는 자꾸만 힘이 들어갔다. 골목 안에서부터 밀려나오는 악취에 익숙해지기 위해서는 시간이 조금 필요하다고 생각했다. 그래서 동굴교회 쪽으로 먼저 발걸음을 옮겼다. 교회로 가는 좁은 비탈 골목에도 형형색색의 쓰레기 더미들이 꽃처럼 알록달록하게 피어서는 집 안팎과 골목들을 가득 메우고 있었다.

그리고 그 끝에 동굴교회가 은밀히 숨어있었는데, 거대한 바위 밑으로 이어지는 예배당은 천 명이 넘는 사람들이 한꺼번에 예배를 볼 수 있을 만큼 규모가 컸다. 이슬람교도에게 쫓겨난 콥트교도들은 이곳에 한데 모여 그들의 절실한 기도로 낮고 서늘한 동굴의 온도를 높였으리라. 같은 처지에 있는 사람들이 같은 장소에 모여 기도를 올렸을 동굴교회는 아직도 그때의 간절함이 식지 않은 듯 온기로 가득 차 있었다. 이곳에는 여전히 그때와 다름없는 간절함이 매일같이 이어진다고 한다. 나는 잠시 앉아 기도를 드렸다. 어쩌면 이곳은 세상에서 가장 낮은 곳이니 이젠 조금씩 높아질 일만 남은 곳이겠군요. 예배당을 빠져나오니 밝은 하늘이 기다리고 있었다.

당나귀를 몰던 청년을 만난 것은 동굴교회를 빠져나와 길을 잘못 들어선 지점에서였다. 사방 어디를 둘러봐도 비슷한 풍경이었다. 쓰레기 더미가 쌓인 집들이 때로는 높게 때로는 낮게 이어져 어디가 시작이고 끝인지 도저히 가늠할 수가 없었다. 차마 코를 막지는 못하고 두리번거리며 방향을 살피는 내게 당나귀 청년이 먼저 손을 내밀었다. 청년은 하얗게 빛나는 피부를 가지고 있었다. 아니다. 피부가 하얀 게 아니라 웃는 얼굴이 환하게 빛났을 것이다. 소년은 당나귀가 끌고 가는 빈 수레의 한쪽을 내게 서슴없이 내주었다. 나도 소년의 선의에 기꺼이 응했다. 소년은 동네 구석구석을 돌며 지나가는 사람들에게 나를 소개하고 또 자랑했다.

　내가 빈 수레에 훌쩍 올라탔다는 것만으로 우리는 살가운 동행이 되었다. 삐거덕거리며 지나가는 트럭보다 이 수레가 훨씬 좋다며 엄지를 치켜올려 주자 그는 더 환한 미소를 지었다. 그 미소는 내가 절대 흉내 낼 수 없는 커다란 크기였다. 튼튼한 신발을 신은 나의 발보다 그의 발이 더 든든했고 카메라를 꼭 쥔 나의 오른손보다 당나귀의 고삐를 잡은 그의 오른손이 더 귀했다. 그리고 무엇보다 그 마음. 낯선 이에게 자리를 선뜻 내어주는 그 마음보다 근사한 마음을 나는 가지지 못했다. 어린 왕자의 여우처럼 똑똑한 당나귀는 말을 하지 않아도 제 갈 길을 틀림없이 가고 있었다. 햇빛은 귀천을 가리지 않아 그곳에 쌓인 쓰레기 더미 위에도 공평하게 내려앉고 있었다. 바람은 고약한 냄새를 여전히 몰고 다녔지만, 지금 내게 더 선명하고 생생하게 남아 있는 건 냄새보다 그날의 환한 햇빛이다.

눈이 아닌
## 마음으로 보아야 하는 곳

그날 나는 내가 만나고 싶었던 것을 제대로 만났다. 누가 보더라도 열악한 그곳의 풍경 속에서도 온기를 잃지 않는 마음 말이다. 그 마음을 봤으니 나도 다시 청년의 마음이 되어 조금 더 순하고 따뜻하게 살아야 하겠다.

　우리들 중 누구도 그곳을 쓰레기 더미라 소외시켜서는 안 될 것이다. 우리가 쓰다 버린 도시의 분비물들이 그곳에서 날마다 새롭게 태어난다. 눈에 보이는 것보다 훨씬 더 크고 더 아름다운 것들이 어린 왕자의 장미꽃처럼 그곳에 피어있다. 언제 가더라도 환한 얼굴의 성자가 맑은 눈으로 웃고 있을 것만 같은 골목. 눈으로 볼 수 있는 것보다 마음으로 만날 수 있는 것이 더 많은 곳. 힘차게 손을 흔들어 주던 그날의 안녕! 아직도 그 광경만 떠올리면 내 마음은 이리저리 날리며 갈 곳을 잃는다. 나는 나에게 여우의 말을 건넨다.

"괜찮다고 괜찮다고, 눈에 보이는 것은 아무것도 아니라고."

## 카이로를 더 즐기고 싶다면 　　　　 • • •

이집트의 수도 카이로는 기자 지구 피라미드 때문에 많은 사람들이 다녀가는 곳이다. 실제로 피라미드나 스핑크스를 보는 것보다 파라오 시대부터 발굴된 수많은 유물을 소장하고 있는 박물관에 더 열중하는 사람들이 많다. 단, 박물관의 시설은 기대하지 않는 것이 좋겠다. 교통이 복잡한 카이로는 시내버스나 지하철을 이용해 움직이는 것이 훨씬 유리하다. 박물관이나 유적지를 둘러봤다면 칸 엘 카릴리Khan el-khalili 전통시장에서 시간을 보내도 좋다. 시장 근처에 대학과 유명 이슬람사원들이 모여 있어 그들의 생활과 문화를 한꺼번에 느낄 수 있는 즐거움이 있다. 카릴리 시장은 워낙 크고 복잡하며 많은 사람들이 붐비는 곳이니 주의해야할 필요가 있다. 모카탐으로 갈 때는 혼자서 대중교통을 타는 것 보다 동행을 구해서 택시를 타고 가는 방법을 권하고 싶다. 동굴교회는 쓰레기 마을에서 언덕 쪽으로 방향을 잡으면 쉽게 찾아갈 수 있다.

일 년에

단 한 번 생기는 골목

산두르 패스, 파키스탄          Shandur Pass, Pakistan,

The Hunter
JENNIFER WARNES

살아있다는 것은 이런 느낌일까? 나의 심장은 지금까지 한 순간도 뛰지 않은 적이 없을 텐데, 그날 내 심장이 뛰고 있다는 것을 새삼 다시 느꼈다. 그 기분은 타의적인 것이 아니라 철저하게 자의적으로 느낀 것이었다. 내 안에 심장이 있었구나. 내 속에서 아주 크게, 쉬지 않고 울리고 있던 그것은 분명 심장이었다. 내 심장이 이토록 큰 소리로 뛰고 있다는 것을 왜 진즉 몰랐을까? 심장이 소리를 가지고 있다는 사실을 모르고 살았던 날들이 많았다. 그렇다. 살아있는 모든 것은 소리를 가진다. 소리를 가진 모든 것 역시 살아있다.

　하늘 아래 가장 가까운 곳, 어쩌면 하늘과 연결된 곳인지도 모를 천상의 고원에서 세상을 뒤흔드는 말발굽 소리와 힘찬 함성을 듣고 난 이후 나는 전보다 조금 더 마음의 힘이 생겼다. 그리고 그 울림을 떠올릴 때마다 그곳에서 강렬하게 두근대던 내 심장 소리를 또렷이 기억한다. 그대가 아무리 나약한 사람일지라 하더라도, 만약 그곳으로 가 삼일만 지낸다면 나와 같은 감정을 느낄 수 있을 것이다. 파키스탄의 북쪽, 산두르 패스Shandur Pass의 폴로 페스티벌 말이다.

## 덜컹거리는 버스를 타고
## 하늘 속으로

그곳에 일 년에 단 한 번 골목이 탄생한다. 험준한 산등성이에 잠시 생겼다가 사라진다. 그러니까 그 골목은 '단 한 번의 골목'이다.

   그 골목에 대해 들은 것은 늦은 밤 간단하게 끼니를 해결하고 숙소 마당에 누워 밤하늘을 바라보고 있을 때였다. 아름다운 별들을 반쯤은 삼켜버린 시커먼 밤하늘, 갑자기 보름달 같은 커다란 얼굴이 내 이마 위로 불쑥 떴다. 환하게 웃고 있는 그의 두 눈이 별처럼 빛이 났는지는 기억하지 못하지만 내게 전해진 건 분명 설레는 소식이었다.

   "길기트Gilgit로부터 북쪽 방향에 있는 산두르 패스라는 곳에서 곧 성대한 폴로 경기가 열려."

   그는 분명 '성대한'에 힘을 주어 말했는데, 폴로 경기라는 단어는 어떤 노래처럼 즐거운 어조였다.

   "산두르 패스라면 아프카니스탄 국경 근처가 아냐?"

   내가 묻자 그는 그게 뭐 대수냐는 듯 어깨를 으쓱거렸다. 위험한 곳이 아니냐고 다시 물어보려고 하다가 처음 파키스탄을 와 본 사람처럼 보일까 봐 그러지 않았다. 그날 밤 나는 여러 번의 갈등과 고민을 반복한 끝에 결국 버스를 타기로 결심했다.

이른 아침의 시골 버스 터미널은 사람들로 장날처럼 북적거렸고 짙은 과일 향이 돌아다녔다. 한참을 기다린 끝에야 겨우 출발한 낡은 버스는 산속으로 구름처럼 천천히 이동했다. 차창 밖으로 보이는 풍경은 북부 파키스탄의 특징을 고스란히 드러내고 있었다. 산 중엔 풀이나 나무보다 곳곳이 무너져 내린 산사태의 흔적이 더 많았다. 하지만 푸른 하늘을 떠다니는 풍성한 구름이 이 모든 것을 평화로움으로 채색하고 있었다.

버스가 움직이기 시작한 지 두 시간 정도가 지났을까, 버스는 멈추고야 말았다. 며칠 전 내린 비로 길이 무너져 버스가 지나갈 만한 도로의 넓이가 확보되지 않았기 때문이었다. 승객들은 모두 버스에서 내려 커다란 돌을 굴리고 도로 위로 쏟아져 내린 흙을 치우고 다졌다. 어느 누구도 짜증을 내지 않았다. 곳곳이 쓸려나간 황무지의 산들도 쉽게 볼 수 없는 풍경이지만, 농담을 주고받으며 여유롭게 길을 치우고 넓히는 사람들 또한 내가 상상하던 것이 아니었다. 길을 치우던 사람들은 가끔 설산에서 흘러내린 시냇물에 땀을 씻었다. 칠월이었지만 시냇물은 얼음장처럼 차가웠다. 길은 까마득한 높이의 험한 산속으로 끊어질 듯 이어지고 있었다. 사람들은 모두가 서로 아는 듯 자연스럽게 이야기를 주고받았고 웃음을 나누었다.

그렇게 몇 시간이 지나고 버스는 다시 툴툴거리며 출발했다. 차창 밖 풍경은 황량하지만 차 안의 분위기는 재미있고 다정하기만 했다. 턱수염이 하얀 할아버지는 자리를 옮겨 가며 인사를 했고 졸다가 눈이 마주친 아주머니는 수줍게 웃었다. 아이는 오랜 시간 멀미에 시달린 탓인지 얼굴이 핼쑥했다. 버스는 덜컹거리며 자꾸만 산속으로 들어갔다.

버스는 열 시간 넘게 달려 어스름 저녁 무렵 작은 찻집에 도착하고서야 겨우 멈췄다. 여기까진 무사히 도착했지만 문제는 폴로 경기장까지 가는 일이었다. 값싼 차 한 잔을 시켜 놓고 하늘을 보니 설산 위로 초저녁별이 뜨기 시작한다. 큰일이다. 이 고요하고 아름다운 산중에서 하룻밤을 보낸다면 별 걱정이 없겠지만 나는 폴로 경기가 열리는 마을까지 가야 한다. 마음이 조금은 불안하다. '에라, 모르겠다. 어떻게든 되겠지.' 하는 마음으로 하염없이 별들을 바라보는데 설산을 머리에 이고 있는 것처럼 머리가 하얗게 센 노인이 혹시 폴로 경기장으로 갈 거냐고 묻는다. 반가운 마음에 대답 대신 급하게 자리를 털고 일어나는데 차를 마저 다 마시라며 노인은 담뱃불을 붙인다.

아참, 여기는 파키스탄 북쪽이다. 나는 지금 아름다운 산속의 밤에 있다. 이곳의 일들은 내가 살던 곳과는 다른 법칙에 의해 돌아간다. 그러니까 모든 것은 가능할 것이다.

## 비현실적이지만
## 분명 현실인 골목

단 한 번의 골목. 그가 말하던 단 한 번의 골목이 뭔지 그제야 알 것 같았다. 비좁은 텐트에서 선 잠을 자고 일어난 아침. 수많은 텐트들이 평원에 펼쳐져 있다. 그 풍경은 마치 난민촌 같기도 하고 거대한 캠프촌 같기도 했다. 전날 밤 만난 노인이 아니었더라면 나는 이곳에서 까마득히 떨어진 마을의 어느 골목에서 아침을 맞이했을 것이다. 운이 좋았다면 누군가의 집에서 하룻밤을 보냈을지도 모른다. 지난 밤 이곳, 캄캄한 산속의 야영지로 나를 데려다주고 값싸게 머무를 수 있는 텐트까지 알아봐 주고 말없이 돌아가 버린 노인의 얼굴이 기억나지 않는다. 나는 노인에게 고맙다는 인사를 건넸고 힘껏 포옹을 했다. 그것이 우리의 마지막이었다.

　해발 4,000미터가 넘는 산 중의 평원. 텐트들이 낡은 집처럼 모여 있는 이곳은 하늘과 가장 가까운 동네일 거라는 생각이 들었다. 이 동네엔 일 년에 단 한 번, 칠월 첫째 주 단 삼일 동안만 골목이 생겨난다. 엉성한 모습으로 서 있는 텐트의 끝 쪽에는 경기에 참가하는 선수들이 말을 끌고 산책을 하고 있었다. 신선하면서도 신기한 아침 풍경이다. 별들이 무수히 쏟아지던 밤, 노인의 낡은 트럭을 얻어 타고 산속까지 흘러 들어와 밤을 새운 것도 비현실적인데, 이렇게 맞이한 이 아침마저도 비현실적이다.

경기장은 설산에 둘러싸여 있었다. 그래서 따로 담벼락이 필요 없었다. 경기는 순식간에 시작됐다. 남녀가 함께 앉지 못하는 이곳에선 한쪽엔 여자들이 다른 한쪽엔 남자들이 앉는다. 그래도 그들이 지르는 함성은 하나로 모인다. 사람들의 함성보다 먼저 울리는 건 말발굽 소리다. 영화에서 보던 전쟁 장면 혹은 숨 가쁘게 쫓기는 추격전의 한 장면처럼 거대한 울림은 순식간에 관람석을 덮친다. 바닥에 엎드려 사진을 찍는 동안 그 울림은 고스란히 내 가슴 속으로 쏟아져 들어왔고, 그만큼 격렬하게 내 심장은 뛰었다. 그리고 내 심장 소리와 함께 주변의 모든 것이 뒤흔들렸다.

거칠게 뛰는 말들의 숨소리는 내 귓전으로 북소리처럼 밀려들었다. 말에 탄 날렵한 몸짓의 기수들은 굵은 땀방울을 뿌려댔다. 그리고 그들을 응원하는 수많은 사람들의 환호성. 이 모든 것들이 비현실적이었지만 분명 현실이었다. 꿈속에서나 가능한 풍경 같았지만 나는 분명 내 눈으로 목격하고 있었다. 나는 흥분을 주체하지 못해 엎드렸다가 일어서기를 반복했다. 그들처럼 환호하며 벌떡 일어났고 어느 순간에는 숨을 죽이고 주먹을 꽉 쥐며 고요해졌다. 이토록 강렬한 풍경이 있을 수 있을까? 열렬한 함성과 낯선 풍경의 신비로운 조화.

숨을 쉬기조차 힘든, 빨리 걷는 건 엄두도 내지 못하는 그 고원에서 나는 사흘 동안 아무런 불편함 없이 지냈다. 누군가 가져다준 물 한 병으로 세수를 마치고 나면 하루가 시작되었다. 산중의 식사는 부실했지만 낯선 사람들과의 다정한 인사가 포만감을 가져다주었다.


그곳은 일회용 골목이었다. 단 한 번의 골목이었다. 하늘 아래 첫 동네에 옹기종기 옆구리를 맞대고 만들어진 따뜻하고 소박한 골목이었다. 그 골목은 내게 그 어떤 골목보다 아름답고 강렬하고 진한 풍경을 펼쳐 보여 주었다.

마지막 날 밤, 텐트 사이로 폭죽이 피어올랐다. 밤하늘의 무수한 별들에 비한다면 조악한 수준의 폭죽이었지만 이곳 사람들은 그것에도 환호했다. 모든 것이 감사해하며 열광했다.

그렇다. 살아있는 모든 것은 이렇게 저마다 아름다운 소리를 가지고 있다. 천상의 고원에서 힘껏 달리던 말들과 그것을 부추기는 열렬한 환호가 아름답지 않다면 세상의 그 무엇이 아름다울 수 있을까. 지금까지 경험한 여행에서 이처럼 강렬한 환호가 몸속 깊이 박혀 들어 온 적은 없었다. 마치 모든 것이 나를 위해 준비되어 있었던 것 같았다. 그리고 그 모든 것이 단 한 번의 골목에서 내 앞에 펼쳐졌다.

## 내 심장 깊이 각인된
## 그날의 함성

나는 기억한다. 힘겹게 밤을 밝히고 있는 별빛을 더듬으며
이 산속까지 나를 데려다주었던 하얀 머리의 노인과 우리
를 함께 스쳐 갔던 풍경들. 전생처럼 반짝이는 별들은 오랫
동안 내 눈동자 주위를 맴돌며 밤잠을 설치게 만들었다. 그
모든 것을 아름답게 기억할 수 있게 해준 다정한 사람들이
그곳에 있었다.

 나는 그날의 커다란 울림을 또렷하게 기억하고 있다. 그
울림의 파장은 내 심장에 고스란히 각인되어 문득문득 내
게 축복 같은 힘이 된다. 답답하고 지루한 삶에 고개를 숙
이고 있을 때면 그날의 소리들이 누군가의 격려처럼 홀연
히 다가와 내 등을 두드린다. 그러면 나는 또 아무렇지 않
게 툭툭 털고 일어나 걸어간다. 당신도 이 소리를 들었으면
좋겠다. 그리고 기억했으면 좋겠다. 아주 오래도록.

## 파키스탄의 폴로경기를 보고 싶다면                    ● ● ●

폴로 경기는 기원전부터 시작됐다고 한다. 말을 타고 막
대를 이용해서 상대편 진영으로 공을 넣는 방식인데, 지
금까지도 비슷한 형태로 전해지고 있다. 폴로의 명칭은

티베트의 풀루Pulu 라는 말에서 기원하며 폴로 경기를 발전시킨 나라는 영국으로 알려져 있다. 파키스탄 전역에서 여름이면 폴로축제를 만날 기회가 많다. 주로 칠월 첫째 주에 3일 동안 열리는데, 산두르 패스의 폴로 경기는 파키스탄 북쪽에서 가장 유명하다. 여행자들은 길기트에서 여행사를 통해서 가는 것이 일반적인데, 지프로 경기장까지 보통 네 시간 정도가 걸린다. 길이 무너지거나 돌발 상황이 생기지 않는다면 말이다. 로컬 버스를 이용할 경우 열 시간 이상 걸린다. 게다가 모든 것을 개인이 알아서 챙겨야 하기 때문에 번거롭고 피곤하다. 씻을 곳도 마땅치 않고 당연히 먹을 것을 구하는 것도 어렵지만 아직까지 굶어 죽거나 길을 잃은 여행자는 발견되지 않았다.

고요히 나를 빛내며

스스로를 사랑하기 좋은 곳

비에이, 일본                                          Biei, Japan

Silent Night
MICHAEL BOLTON

바다 위를 날던 비행기가 홋카이도의 경계에 들어서면서부터 기체가 자주 흔들렸다. 대부분의 승객들은 긴장된 자세로 창밖을 보며 애써 딴청을 피우고 있었지만 나는 아랑곳없이 콧노래가 흘러나왔다. 그저 빨리 착륙하기만을 바랐다. 부정기적으로 편성된 아사히가와행 티켓을 얻은 것만으로 행운이라 생각했기에 무사히 도착만 할 수 있다면 흔들리는 비행기쯤이야 아무렇지 않았다.

그렇게 들어선 설국은 차갑지도 단단하지도 않았다. 거울에 비친 듯 신비롭게 산란하는 눈의 빛들이 나를 따뜻하게 맞아주었다. 추위를 끔찍하게 싫어한다는 이유로, 겨울이면 일부러 따뜻한 나라를 찾아다니거나 아예 여행을 접고 집 밖을 나서지 않던 내가 설국행 티켓을 손에 넣고 이렇게 즐거워하게 될 줄은 몰랐다. 더군다나 때는 겨울의 절정으로 치닫는 일월 말이었고 뉴스는 오십 년 만의 폭설이라고 호들갑을 떨고 있었다. 춥지만, 추위를 좋아하진 않지만, 이 모든 것에도 불구하고 나는 설국으로 이어지는 작은 마을의 골목에 서서 손을 비비며 호호 즐거운 입김을 불고 있다.

## 따뜻함과
## 다정함으로 촘촘한

비에이는 그야말로 작은 소도시다. '작은'이라는 단어가 잘 어울리는 마을들이 모여 만들어진 도시다. 도시지만 마을 같았다. 조금 과장을 하자면, 크리스마스 카드만 한 마을이다. 집들은 모두 경사가 심한 지붕을 이고 있었다. 그 사이로 난 좁은 골목들은 길게 이어지지 못하고 군데군데 끊겼다. 어느 방향으로 가더라도 다시 돌아오기만 하면 출발점이었다. 이곳으로 도둑이 도망쳐 온다면 숨을 곳이 없을 것 같았다. 초보 여행자라도 여기서 길을 잃고 헤맬 이유는 전혀 없는 것이다. 더군다나 비에이역을 중심으로 낮게 펼쳐진 집들은 저마다 이마에 숫자를 이름표처럼 달고 있다. 이 숫자는 주소가 아니라 집이 태어난 연도다. 적게는 몇십 년부터 많게는 백 년이 넘는 집들이 동화책 속의 삽화처럼 옹기종기 모여 있다. 새하얀 눈에 덮인 집들의 자세와 표정은 마음씨 좋은 백발의 노인처럼 다소곳하고 따뜻하다.

이 골목은 소박하다는 말이 가장 잘 어울린다. 높은 담도 없고 넓은 마당도 없다. 골목에는 그저 눈이 쌓여 있고 또 쌓여 간다. 바람이 불면 눈이 날리는데, 꼭 꽃잎이 날리는 것만 같다. 여기서는 바람이 분다고 하지 말고 눈이 분다고 해야 할 것 같다.

온통 겨울로 가득 찬 곳이지만 전혀 떨리지 않는다. 추운 건 사실이지만 견딜 만하다. 이 골목을 걷는 것은 반가운 사람에게 온 반가운 카드를 펼쳐보는 것과 같다. 사람들은 단정한 옷차림으로 걷는다. 작은 우동 가게 주방장은 이 방인에게 친절한 인사를 건넨다. 기념품 가게의 아주머니는 먼저 달려 나와 문을 열어준다. 그들의 따뜻한 어깨에는 오래된 친절이 배어 있었다. 약국이나 주유소에서도 그랬고 모든 카페에서도 마찬가지였다. 사람들은 마을을 꼭 닮아 있었다. 작고 다소곳했다. 이곳의 집들이 자신의 이마에 제 생년을 떳떳하게 달고 있듯이, 사람들도 얼굴마다 각기 다른 따뜻함을 달고서 눈처럼 환하다. 일 년에 반 이상이 겨울인 이곳에서는 서로가 서로에게 따뜻하지 않으면 견딜 수가 없어서일지도 모른다. 그들은 아주 촘촘한 마음의 간격으로 온기를 만들어 내고 있었다. 덕분에 나 역시 잠시나마 따뜻함에 대해서 생각하게 된다. 이 작은 마을의 골목에서 잠시나마 몸과 마음을 녹인다. 다시 눈이 내린다. 이 순간만큼은 눈이 아니라 꽃이라 생각한다.

눈은 한밤중에도 끊임없이 내렸다. 이 도시에 내리는 눈은 쌓이기 위해 내리는 것 같았다. 눈 때문에 밤은, 별도 달도 없지만 오래도록 환했다. 덕분에 나는 몇 번의 뒤척임 끝에야 겨우 잠들었고 하얀 꿈을 꾸다가 다시 눈을 뜨곤 했다.

바깥세상은 여전히 하얗다. 무채색의 풍경이 펼쳐질 뿐이었다. 겨울이 끝나면 다시 각각의 색으로 아름답겠지만, 지금은 오로지 흰 눈뿐이다. 지금까지 내가 본 풍경 가운데 가장 하얀 풍경이다. 며칠째 꿈 같은 세상 속에 놓여있다. 아니다 꿈과 현실을 동시에 걷고 있다.

이곳으로 와야겠다고 생각한 것은 '크리스마스 나무'라는 제목이 붙은 한 장의 사진 때문이었다. 눈으로 뒤덮인 언덕에 크기를 가늠할 수 없는 아름다운 나무 한 그루. 세월의 흔적을 감춘 듯 비밀스러운 둥근 언덕 위에 표정을 알 수 없는 나무 한 그루가 서 있었다. 언덕과 나무가 어울려 빚어내는 풍경은 분명 겨울이었지만 따뜻하게만 느껴졌다. 눈의 언덕 가운데 홀로 선 나무는 거대하게 보이기도 했고 하얀 케이크 위에 꽂힌 작은 장식품처럼 보이기도 했다. 그 풍경이 소설의 한 문장처럼 마음 깊이 박혔고 나는 결국 비행기를 타고야 만 것이다. 그리고 지금, 나는 나무와 마주하고 나무처럼 미동도 없이 서 있다. 눈이 오는 날이기도 했고 해가 지는 저녁이기도 했다. 마주하는 풍경은 사진에서 보던 것보다 더 깊고 거대했다.

수시로 달라지는 눈의 힘을 본다. 거대한 나무는 폭설에 잠시 사라지기도 했고 커다란 그림자를 앞세우고 성큼 다가오기도 했다. 사진에서는 알 수 없었던 나무의 일상을 대면하고 있으니 나무의 비밀을 엿본 기분이다. 아무것도 없는 세상으로 들어온 기분이다. 능선을 나타내는 표식처럼 간혹 한 그루의 나무가 서 있거나, 어쩌다 숲을 이루어도 황량하고 휑한 풍경은 그대로였다.

　나무는 아무것도 없는 풍경 속에서 스스로 아름다운 풍경이 되어 서 있었다. 나무 앞에서 사람들은 행복하고 포근한 웃음을 피워 올렸다. 그들이 날린 웃음이 겨울 하늘에 구름이 되어 두둥실 떠 있었다. 눈 쌓인 언덕과 나무는 모두를 주인공으로 만들었다. 눈은 스스로 빛나는 존재이기도 하지만 누군가를 빛내거나 함께 빛내는 일로 더욱 가치가 있는 존재라는 것을 알았다.

　나무 앞에서 내가 이곳에 오고 싶었던 이유를 알게 됐다. 단지 사진 때문만은 아니었다. 나는 아마도 사진 속의 나무를 닮고 싶었는지도 모른다.

## 새롭게 자신을 써나가기에
## 안성맞춤인 곳

안으로나 밖으로나 잠시의 고요도 없이 분주하게 산다. 그렇게 살며 이곳저곳 모퉁이에 마음을 긁힌다. 그걸 막고자 또는 위로하고자 동굴처럼 은밀하게 살아도 생채기가 나지 않을 방법은 없다. 동굴 속으로 자주 눈보라가 치고 돌멩이가 날아들어 적막을 깬다.

이곳처럼 아무것도 없는 풍경 앞에 서서 이 겨울나무처럼 서 있고 싶었다. 저 나무는 심하게 바람이 불어도, 거칠게 눈발이 날려도 잠시 흔들리면 될 일이었다. 넘어지거나 주저앉은 적 없는 저 나무를 닮고 싶었다.

이곳엔 아무것도 없다. 아니, 오직 새하얀 눈만이 있다. 그래서 나를 새롭게 써나가기에 안성맞춤인 곳이다. 그러니 깨지고 상처 난 당신도 이곳으로 오라. 이 고요의 풍경에 몸을 담그고는 도시에서 얻은 몸살을 해열시켜라. 잠시 고요하고, 고요한 가운데 스스로를 돌아보라. 그게 스스로를 조금 더 사랑하는 일이 아닐까 싶다.

나도 그럴 것이다. 눈보라 가득해 한 치 앞도 가늠할 수 없는 날이 오면 나는 좁고 소박한 이 골목으로 숨어들어 새하얀 눈의 세상에 발자국을 찍으며 또렷한 한 걸음 한 걸음을 천천히 걸을 것이다.


그곳으로 돌아가면 당신에게 "눈이 많이 오는 어느 겨울에 우연히 만나자"라고 말할 수도 있겠다. 그 말이 아마도 영 부질없지는 않을 것이다. 허공 같은 그 말이 이곳에서는 결코 거짓이 되지는 않을 테니까.

홋카이도의 중심 삿포로에서 북쪽으로 기차를 타고 한 시
간 반이면 도착하는 곳. 우리나라에서 겨울철엔 부정기적
으로 비에이와 가장 가까운 아사히가와 공항으로 직항이
운항되기도 한다. 하지만 변덕스러운 날씨가 관건이다. 홋
카이도는 렌트카를 이용하면 어렵지 않게 다닐 수 있다.
여름에는 아름답게 펼쳐진 라벤더가 장관을 이루며, 시원
한 날씨 때문에 내국인 여행객들이 많아서 오히려 호텔
예약이 힘들다. 비에이는 삿포로에서 하루 코스로 다녀오
기도 하지만 1박 2일 코스나 그 이상 며칠 여유롭게 머물
며 순도 백 퍼센트의 겨울 풍경을 만끽하길 권한다. 작은
도시지만 인터넷에 소개된 유명 맛집이나 카페가 생각보
다 많아서 이를 찾아다니는 재미 또한 크다.

그 골목에
편입되고 싶었던 어느 겨울

마슐레, 이란                                     Masuleh, Iran

Swan Song

ROBIN GREY

카스피해로부터 번져오는 겨울 안개가 밥 짓는 굴뚝의 연기처럼 뭉근하게 밀려오는 아침이면 허기가 지곤 했다. 아마도 간밤의 꿈에서 먼 길을 떠났던 모양인지도 모른다고 생각했다. 골목을 돌아다녔던 것이리라. 그런 꿈을 자주 꾸었다. 그때 나는 이란의 북쪽 깊은 산중에 자리한 마을 마슐레Masuleh에 머물고 있었다. 이 산중마을에서 여행자라고는 나밖에 없었는데, 오직 그 이유로만 나는 성대한 환대의 나날을 보냈다. 그래서 밤마다 나는 많은 곳을 돌아다녔는지도 모른다. 그 환대를 꿈에서라도 마음껏 즐기기 위해서 말이다.

## 지붕이 골목이고
## 골목이 지붕인 마을

그곳은 아르메니아와 조지아가 합류하는 국경에서 멀지 않았다. 말하자면 이란의 최북단에 가까운 곳이었다. 카스피해의 거친 겨울 안개와 살을 애릿하게 저미는 추위가 날마다 세금징수원처럼 어김없이 찾아오는 곳. 그 이유로 외부인의 발길이 뜸했다. 산비탈을 깎아 만든 이 작은 마을은 지붕이 골목이고 골목이 곧 지붕인 이상한 마을이다. 얼핏 보면 바깥으로 드러난 개미굴 같기도 하고, 조각가의 엉성한 작품 같기도 하다. 한밤중에 방문하게 된다면 옆으로 누운 거대한 빌딩이라고 착각할 수도 있겠다. 무심히 흘려보면 까만 밤하늘 산비탈 아래로 층층이 박힌 별빛 같은 불빛들이 하나의 덩어리처럼 뭉쳐 있기 때문이다. 집과 집의 간격이 없이 그냥 길게 누워있는데, 수평으로 늘어선 구조가 여러 단으로 산의 허리를 감고 있다. 부산항에서 바라보는 감천마을 같기도 하고 또는 한성대전철역에서 바라보는 북악스카이웨이 쪽 성북동 같기도 하다.

어쨌든 이 이상한 마을은 오래된 역사와 전통 생활 방식을 그대로 이어오고 있는 덕택에 이란의 10대 관광지로 선정되었으며 유네스코의 지원도 받고 있다. 그런데도 여행자가 없다. 덕분에 나는 어느 방향으로 걸어도 귀한 손님이 되었다. 이러다 버릇없는 여행자가 될까 신경이 쓰일 정도였다.


겨울 마슐레를 찾는 여행자라면 사랑받는다는 느낌이 어떤지 확실하게 체험할 수 있을 것이다. 나 역시 버스에서 내리자마자 영문도 모르고 이곳으로 끌려오다시피 해서 결국 짐까지 풀게 됐다. 내가 묵는 숙소는 이 마을에서 겨울철에 유일하게 문을 연 곳이었다. 배낭은 버스 뒷자리에 앉았던 학생이 한사코 자기가 메겠다며 들춰 업고 숙소까지 신나게 가져왔다. 버스를 타고 나서부터 숙소에 도착하기까지 내가 힘들여 한 일은 그들의 관심에 웃는 얼굴로 화답하는 것이 전부였다.

내 방은 골목 위 구름다리 같았다. 믿기지 않겠지만, 방바닥 아래로 사람들이 지나다녔다. 창문을 열면 앞집의 옥상이 나왔는데 그곳이 곧 골목이었다. 지붕 위로 아이들이 지나가거나 조그만 수레들이 분주히 오가기도 했다.

혹시 누군가의 실수로 이렇게 만들어지기 시작한 것이 아닐까 하는 생각이 들 정도로 이상했다. 무심코 쌓아놓은 블록 같은 집들이 그런 식으로 이어져 결국 마을을 이루었다. 그것도 경사가 급한 산의 각도를 따라 만들어져 아름답게 치장되었다. 마치 산이 두꺼운 겨울 외투를 입은 것처럼 보인다. 집들은 산의 액세서리처럼 보이기도 하는데, 투박한 흙이나 돌로 지어 따뜻한 질감을 느끼게 한다. 골목의 아래 칸은 주로 상점이나 찻집인데 팔짱을 낀 듯 다닥다닥 붙어 있다. 마을 맨 위쪽은 빵을 굽는 집이다. 이른 새벽이면 굴뚝에서 하얀 연기를 피워올린다. 고소한 냄새를 가득 품은 연기는 안개처럼 내려와 마을을 뒤덮는다. 군데군데 관공서나 예배당이 무심하게 자리 잡고 있다. 그게 전부인 작은 마을이라 부지런한 여행자라면 한 시간이면 충분히 둘러볼 수 있다. 딱히 커다란 볼거리가 있는 건 아니지만, 첩첩산중에 이런 마을이 있다는 것 그 자체만으로 신기하고 소중하다.

여러 날 이 골목을 떠나지 못했다. 대장장이 할아버지가 아침에 차를 마시러 오라고 했고, 그 약속이 진심인 것 같아서 그러겠노라고 했는데, 대장간에 들른 화가에게 다시 초대를 받아 그의 화실에서 하루를 보내게 되는 식이었다. 빵집 앞은 지나갈 때마다 끌려 들어가 날마다 새로운 빵을 맛보아야 했고, 찻집에서는 시음으로 배가 불렀다. 하릴없이 창밖을 내려다보고 있으면 불러대는 사람들이 왜 그렇게나 많은지. 아무것도 할 게 없는 첩첩산중의 마을에서 나는 너무나 바쁘고 분주한 여행자가 되었다. 이 골목은 마치 나를 환대하기 위해 결심하고 작정한 것 같았다. 사람들은 마음먹고 살가웠다.

어느 날 이백 원짜리 빵(바르바리라고 불리는 두꺼운 난)을 굽는 청년에게 물었다. 지붕 위로 사람들이 뛰어다니면 시끄럽거나 신경 쓰이지 않은지. 화덕의 열기에 얼굴이 시뻘겋게 달아오른 그가 웃으며 대답했다.

"뛰어다니는 거요? 전혀 신경 쓰이지 않아요. 이 마을 사람들은 급하게 뛰어다닐 일 없어요. 그런데 만약 사람들이 뛰어다니면 누군가에게 뭔가 좋은 일이 일어난 거죠. 자다가도 누군가 뛰는 소리가 들리면 저도 뛰어나가고 싶다니까요."

# 골목을
# 기억하려는 의지

안개가 심한 날이면 하루 종일 그림을 그렸다. 골목의 풍경
과 골목에서 만난 사람들의 표정들을 그렸다. 대장장이 할
아버지의 얼굴을 그렸고, 빵 굽는 청년의 표정을 스케치했
다. 찻집에서 그림을 그리는 내가 그들의 이야깃거리가 되
기도 했다. 화가에게는 보여주지 못할 실력이지만 그들은
기꺼이 좋아해 주었다. 마을의 지붕을 그리면 길이 되었고,
길을 그어나간 선들을 바라보면 어느 귀퉁이에서 누굴 만
났는지 기억이 났다. 이것이 다시 꿈에 나타나 나를 걷게
하고 또 허기지게 하겠지. 혹은 어느 날 현실에서 꿈처럼
기억나겠지. 그러길 바라는 마음으로 자주 그림을 그렸다.
세월이 지나면 이 기억도 안개처럼 희미해질 것이라 나는
손에 힘을 주고 더 선명하게 선을 그어나갔다. 오래 기억하
는 방법은 오래 마주하는 일이 가장 확실하겠지만, 나는 잠
시 지나가는 여행자였으니 어쩔 수 없었다. 그림을 그리는
것은 내가 어떤 식으로든 이 골목을 오래 기억할 것이라는
의지였다. 아마 여기에 오는 누구라도 그럴 것이다.

　이란은 천사들이 사는 곳이다. 오래된 여행자들 사이에서
떠도는 말이다. 내가 있는 이 산중의 깊고 가파른 골목은

그 말을 가장 실감 나게 하는 곳이다. 만약 긴 시간만이 인연의 결속을 보장한다면, 사실 나는 여기서 아무것도 아니었을지 모른다. 나는 비록 이곳에 짧은 시간 머물렀을 뿐이지만 우리는 많은 것을 공유했다. 나란히 앉아 차를 나누어 마셨고, 내가 걸어온 길에 대해서, 당신의 고단한 생활에 대해서 이야기했다.

낯선 곳에 대한 호기심은 다정함과 친숙함으로 발전했고 이것이 내 발을 묶었다. 내 판단력을 흐리게 만들었다. 그래서 내 마음은 자꾸만 약해졌다. 떠나지 않으려 자꾸만 마음 깊은 곳에서 변명을 하게 만들었다. 내게 진심으로 감사를 표하던 사람들 앞에서, 내 서툰 농담에 잘 웃어주고 내 지루한 여행담을 끝까지 들어주던 사람들 앞에서, 나는 말이 달라도 웃는 마음은 같다는 것을 깨달았다. 어쩌면 지나치다고 할 수 있는 그들의 관심이 결코 성가시게 느껴지지 않았던 이유는 그들의 좋은 마음을 느낄 수 있어서였다. 그들은 이웃에게 자신의 지붕을 마당처럼 내어주고 이웃의 지붕을 자신의 길로 여기며 사는 것에 익숙한 사람들이었다.

그곳은 그만큼 서로의 일상이 긴밀한 곳이다. 그렇게 사는 게 물론 불편할 수도 있겠지만, 이 골목은 생활 이상의 삶을 그들에게 안겨줄 것이다. 함부로 그들의 삶을 이야기해서는 안 될 일이지만, 나는 이 골목의 삶에 여행자가 아닌 생활인으로 포함되고 싶다는 생각을 했던 것도 같다.

샬람. 겨울 골목을 따뜻하게 울리는 그 목소리의 감정까지는 그릴 수 없지만, 나는 선명하게 기억할 것이다. 가슴에 손을 올리고 공손하게 인사하던 그 환한 얼굴들을 잊지 않을 것이다. 어느 추운 겨울날, 낯선 손을 마주 잡고 비탈진 골목의 안쪽을 걷는 꿈을 꾸게 된다면 분명 그곳일 것이다. 기억하지 않으려 해도 그날의 기억들이 따뜻하게 나를 찾아올 것이다.

## 마슐레에 가고 싶다면 • • •

이란 북쪽에서 내려오거나 테헤란 쪽에서 올라가더라도 라쉿Rasht이라는 곳 또는 푸만Fuman을 거쳐야 한다. 미니버스를 타거나 택시를 타고 갈 수 있다. 둘 다 비용은 아주 저렴하다. 합승 택시나 미니버스는 사람들이 다 차야 출발을 한다. 이란에서는 무슨 일을 하더라도 기다려야 한다. 마슐레는 여름 휴양지로 각광받는 곳이라 겨울철에 방문하려면 마음의 준비가 어느 정도 필요하다. 반대로 비수기의 혜택을 받을 수도 있다. 저렴한 가격에 아파트형 원룸처럼 욕실과 티브이, 가스레인지, 가스난로가 구비되어 있고, 무엇보다 이 풍경을 한눈에 다 볼 수 있는 테라스가 압권인 숙소를 구할 수 있다. 하지만 밤이 되면 눈물나게 춥다는 것을 알아두어야만 한다.

청춘이 꽃과 같고

인생의 찰나의 한때라면

훈자, 파키스탄　　　　　　　Hunza, Pakistan

Danny Boy

AARON NEVILLE

다시 파키스탄 훈자Hunza였다. 두 번의 여름을 지낸 이곳에 다시 봄 여행을 계획한 것은 아주 오래전부터였다. 미야자키 하야오 감독의 애니메이션 〈바람계곡의 나우시카〉의 배경이 되었던 마을. 그렇게 기억하고 싶어 하는 여행자들이 많았다. 사실인지 모르겠지만 그만큼 아름답다는 이야기로 기억하려는 의도가 아닐까. 그야말로 그림 같은 마을. 아니다, 이 마을에 하루라도 머물러 본 사람이라면 그림보다 아름다운 마을이라 할 것이다. 아무튼 그림보다 아름다운 봄의 훈자를 만나러 갔다. 그리고 그곳에서 꼬박 한 달간의 봄을 지냈다. 아니, 살았다.

파키스탄의 최북단. 중국과 아프가니스탄 그리고 북인도의 경계를 이루는 히말라야에서 가장 깊은 곳에 자리한 마을 훈자. 삼월 말의 훈자는 봄이 아니다. 국가 간을 연결하는 도로 중 세계에서 가장 높은 도로인 KKH(카라코람 하이웨이Karakoram Highway)를 관통하는 곳이니 봄도 더디게 올 것이다. 봄. 세상의 모든 따뜻한 감정들이 다 녹아 있는 그 단어를 되뇌며 나는 이곳에 도착했다. 그렇지만 훈자에는 희끗희끗한 눈발이 날리고 있었다. 나는 이 눈발이 곧 꽃잎이 되리라는 것 또한 알고 있었다. 그래도 알고서 견디는 마음이 더욱 지루한 법.

이토록 꽃으로
일관된 세상이라니!

어느 날 갑자기 오는 것들이 있다. 훈자의 봄도 그랬다. 이
세상을 관장하는 누군가의 결재를 받은 것처럼 훈자의 봄
은 갑자기 찾아왔다. 어느 꽃 한 송이가 갑자기 꽃망울을
틔우기 시작하면, 순식간에 꽃들이 따라 피고 훈자는 새하
얀 꽃의 세상으로 별안간 변한다. 한 번 시작된 개화의 아
우성은 막을 수도 없고 피할 수도 없다. 훈자에서 꽃은 막
무가내다. 그래서일지도 모른다. 이곳의 봄날이 더욱 짧게
느껴지는 이유가. 이곳에서의 추억이 계곡처럼 깊게 새겨
지는 이유가.

　이토록 꽃으로 일관된 세상은 처음이었다. 이곳이 고향인
사람을 제외하면 누구라도 그럴 것이다. 문을 연 숙소도 몇
되지 않고 손님을 맞이할 준비가 덜 된 식당 때문에 불편한
나날들이 많았지만, 꽃이 피기 시작한 때부터 이 모든 것은
아무런 문제가 되지 않았다. 매일 꽃 속에서 꽃의 나날을
보내다 보니 나도 꽃처럼 순해졌거나 조금 아름다워져서
그랬다는 생각을 했다.

　천지가 꽃이다. 때로는 꽃 속에서 인사하는 사람이 꽃이
었다가 흔들리는 꽃잎이 이웃집 아이의 얼굴 같기도 했다.
가장 흔한데 가장 귀한 대접을 받는 것도 꽃이다. 봄의 훈

자에 피는 꽃은 마을의 주 수입원이 되는 살구꽃이 대부분이었고 체리꽃과 사과꽃, 아몬드꽃과 배꽃들이 비슷한 시기에 피어 어우러졌다. 작은 꽃잎 하나하나가 튼실한 열매가 되는 날 또한 멀리 있지 않아서 사람들의 일상도 꽃의 속도에 맞춰 움직인다.

이런 식으로 모든 일정은 자연의 변화에 맞춰져 있는 듯했다. 겨우내 묵었던 살림을 봄바람에 털어내는 동안에도 꽃잎은 지천으로 날렸고 농부들이 부지런히 밭을 일구는 동안에도 꽃밭은 더 흐드러졌다. 아이들은 꽃 속을 천방지축으로 뛰어다니고 노인들은 머리 위에 꽃잎을 이고 햇볕이 따뜻하게 드리우는 담벼락에서 세상을 잊은 듯 졸았다. 그 풍경을 보는 내 마음은 꽃의 내부처럼 밝았다. 내가 경험해 보지 못한 종류의 평화가 날마다 아무렇지도 않게 이루어지고 이어졌다. 세상의 속도에서 벗어난 삶을 산다는 것만으로도 천국이 되기도 하다니! 자연의 가장 깊고 내밀한 곳에 속한 삶. 이 척박한 산중이 세계 3대 장수마을 중 하나인 이유도 그게 전부가 아닐까. 대단한 음식도 없고 편리한 시설도 없으며 풍족한 것이라곤 오로지 자연이 주는 것뿐인데 말이다.

사람들은 좋은 공기를 마시며 제 몸을 스스로 움직여 땀 흘리고 사는 삶이 본연의 삶으로 알고 있다. 까마득히 솟아오른 히말라야의 만년설이 녹아내린 물이 땅을 적시며 흐른다. 시끄러운 소리라고는 고작해야 새들이나 염소들이 우는 소리가 전부인 고요한 마을. 정전이 되는 밤이면 별빛이 오히려 더 찬란하게 빛난다. 이곳의 누군가도 더 나은 삶을 살기 위해 도시로 나가기도 하겠지만, 어디를 가더라도 이곳만의 정서는 잊지 못할 것이다. 오직 이곳이기 때문에 가능한 것들을 셀 수 없이 많이 나열할 수 있는 곳이 훈자이고, 그런 것들을 감사하는 사람들이 모여 사는 곳이 훈자라는 마을이다.

사계절 아름다운 것을 보고 그것을 말하며 품는 삶은 사람들의 표정에 가장 먼저 나타난다. 훈자에는 꽃잎 같은 아이들도 많지만, 아이의 얼굴처럼 맑고 밝은 얼굴을 가진 노인들도 많다. 그래서 이곳은 걷기만 해도 배움이 되고 가만히 앉아서 보기만 해도 교훈이 된다. 훈자를 다녀간 많은 여행자들이 경치에 대해서 말하다가도 끝내는 사람이 가장 아름다운 곳이라 말하는 이유도 여기에 있다. 아무래도 사람은 자신이 사는 곳을 닮는 것이 아닐까. 만약 다음 생에 태어날 곳을 선택할 수 있다면 여기, 해마다 꽃이 사태 지는 이곳이었으면 싶다.

## 꽃의 역할에 관해
## 생각하는 시간

깊은 산중의 봄은 길지가 않았다. 무차별적으로 다가오던 봄이 어느새 무참하게 떠나가고 있었다. 꽃잎 하나가 떨어질 때마다 가슴 속으로 금이 간다. 바람이 불 때마다 등 뒤로 꽃이 지고 햇빛 찬란한 대낮에도 별빛처럼 새하얗게 흩날린다.

　꽃의 역할이 생각보다 크다는 것을 알았다. 골목에 뿌려지는 새하얀 살구 꽃잎을 밟으며 잠시 어머니 생각을 했다. 어머니가 좋아하던 꽃이 사과꽃이었는지 배꽃이었는지 무슨 꽃이었는지 잘 기억이 나지 않지만, 아주 오래전 어느 봄날에 어머니의 머리 위로 소복하게 내려앉았던 것이 분명한 그 꽃잎을 훈자의 할머니가 이고서 간다. 골목을 돌아 텃밭을 지나 저 멀리, 살구꽃은 설산 방향으로 걸어가다가 사라진다. 그 모습이 사라질 때까지 하염없이 바라보다가, 잠시 게으름을 피우다가, 그러다가 마당을 내려다보면 또 금방 눈처럼 쌓인 꽃잎들. 바람아 불지마라. 누구도 이 꽃잎을 흔들지 마라. 영원한 아름다움은 없다는 것을 알면서도 자꾸 욕심이 생기는 이유는 무엇 때문일까. 이 봄날을 그들과 함께 오래오래 지내다 보면 조금이나마 닮을 수 있을까. 날마다 홀로 걸었지만 단 한 번도 혼자인 적이 없었던 골목들. 그대, 세상에 지쳐 더 이상 걷지 못하겠다 싶으면 이곳으로 와서 봄의 골목을 천천히 걸어보시라. 걷다 보면 느려질 수밖에 없는 골목들. 그대의 발목을 잡는 모든 것들이 그대를 아름답게 할 것이니.

봄, 훈자의 골목을 걷는다면 당신이 얼마나 아름다운 사람인지, 세상은 또 왜 이리 아름다운지 알게 되리라. 골목을 미처 빠져나오기도 전에 알게 되리라. 청춘이 꽃과 같고 인생의 찰나의 한때라면, 이곳에서 청춘과 인생을 조금 더 길게 살아보시라. 꽃이 세상에서 가장 흔한 곳. 그래서 나도 꽃이 되는 곳. 훈자로 꽃을 밟으러 가자.

## 훈자에 가고 싶다면　　　　　　　　• • •

훈자의 살구꽃 피는 시기는 서울의 벚꽃 피는 시기와 비슷하다. 인도 홀리 축제가 끝나고 천천히 파키스탄 북쪽으로 이동한다면 두 나라의 가장 아름다운 풍경을 맞이할 수 있겠다. 이때는 겨울의 끝이라 준비해야 할 것들이 조금 있다. 난방이 열악한 이곳의 사정에 맞춰 방한 준비는 필수다. 이른 봄은 여행자들의 방문이 뜸한 시기라 문을 연 식당도 먹거리도 많지 않다. 그래도 구할 수 있는 생필품의 대부분은 구할 수 있는 곳이다. 이슬라마바드에서 버스로 이동하는 사람은 기본 스물네 시간 이상을 생각해야 하며, 길기트까지 비행기가 있으나 꼭 뜬다고 장담할 수 없다. 그러므로 가장 많이 준비해야 할 것이 시간이고 인내다. 바랄 것이 있다면 '행운'이다. 친절하고 순한 훈자 마을 사람들 사이를 꽃밭을 걷듯 걷고 싶다면, 예의 바른 여행자의 마음가짐 또한 가장 먼저 챙겨야 할 덕목이다.

첫발을 내딛는 순간

생과 사랑에 빠지게 될 것이므로

포르투, 포르투갈

Respiro
FRANCO SIMONE

"꼭 일주일만 여행해야 한다면 어디를 가야 할까요?"라는 질문을 받은 적이 있다. 그 말은 시간은 많지 않으나 정말 기억에 남을 만한 여행을 하고 싶다는 간절한 바람으로 들렸다. 이 질문을 한 그녀는 모험심이 강한 사람도 아니고 욕심이 많은 사람도 아니었다. 나는 그녀를 언제나 많은 일에 파묻혀 항상 피곤함을 달고 산다는 이유로 함부로 약속 잡기가 미안해지는 사람이라고 기억하고 있었다. 그런 사람들 앞에서 무턱대고 여행 이야기를 꺼낼 수가 없는 일. 그런데 그녀가 먼저 내게 물었다. 긴 여행을 하는 것은 상상 밖의 일이니 현실적인 일주일이라는 시간에 자신만의 여행을 하고 싶다는 질문이었다.

그 질문을 받고 가장 먼저 떠오른 곳이 포르투갈 제2의 도시 포르투였다. 유럽의 서쪽 끝에 있는 나라 포르투갈은 사실 거리상으로 따져 본다면 합리적인 선택은 아니다. 하지만 나는 그녀에게 아무것도 하지 않은 채 포르투의 골목을 걸어보라고 했다. 어느 골목을 걷더라도 자신이 소중한 존재가 된다는 것을 알게 하고 싶었기 때문이다. 그곳에서 살아가는, 그녀와 비슷한 사람들의 삶을 잠시라도 살아보고 오라고 했다.

## 하나의 언덕에 하나의 골목
## 그리고 하나의 노을

2,000년의 역사가 걸음마다 오롯이 남아 있는 포르투는 언덕의 도시이며 골목의 도시다. 수많은 언덕과 언덕의 굴곡을 그대로 받아들인 채 지어진 낡은 건물들이 어울린 이곳은 거리 자체가 하나의 작품처럼 여겨지는 곳이다. 하나의 언덕과 하나의 골목마다 각각 다른 색깔의 노을이 지는 곳. 도심을 가로지르며 유유히 흐르는 강은 마침내 도시 끝의 바다와 만나고 그곳에 항구를 번성시켰다. 봄이면 봄, 여름이면 여름 그리고 가을이면 가을, 겨울은 겨울대로 또 좋은 곳. 그런 곳이 포르투다.

  포르투는 성격 급한 사람이거나 부지런한 사람이라면 하루면 다 돌아볼 수 있는 곳이다. 만약 그런 곳에서 일주일을 지낸다면, 그 누구라도 후회하지 않을 여행을 할 수 있을 것이라는 확신이 들었다. 게다가 이 아기자기하고 소박한 느낌의 도시는 어느 위치에 숙소를 구하더라도 모자람 없는 여행을 할 수 있게 해주는 곳이기도 하다.

  어디를 가든 상관이 없지만 포르투에서 가장 먼저 가야 할 곳은 단연 동루이스 1세 다리다. 도시를 크게 끼고 도는 도루강을 가로지르는 거대한 이 다리는 에펠탑을 연상케 한다. 에펠탑을 설계한 구스타보 에펠의 제자 테오필 세이리그가 설계했기 때문이다. 포르투에 도착하는 사람이라면 누구나 이곳에 오고야 만다. 여기서 바라보는 도루강가의 오래된 도시는 그야말로 한 폭의 그림이다. 아주 정교하지만 차갑지 않은, 복잡하지만 허술하지 않은 누군가의 그림 같다. 그 사이사이로 이어지는 아스라한 골목들을 살피는 일만으로도 하루가 부족하다.

나는 포르투에 머무는 동안, 도루강 위에 걸쳐진 이 거대한 다리에 올랐다가 강가를 배회하는 일로 하루를 고스란히 보내곤 했다. 나 아닌 누구라도 그럴 것으로 믿는다. 다리의 남쪽 끝으로 내려오면 유명한 포트 와이너리가 밀집한 빌라 노바 데 가이아Vila Nova de Gaia 지역이다. 시간만 허락한다면 이곳을 오래 거닐기를 거부할 이유는 없다. 포르투갈에서 가장 유명한 와인 대부분을 만날 수 있기 때문이다. 어느 카페를 가더라도 평균 이상의 와인을 맛볼 수 있다. 게다가 가격도 비싸지 않다. 달콤하면서도 싸한 포르투 와인 한 잔은 도루강가의 풍경을 더욱 낭만적으로 만들어준다. 포트 와인 때문에 이곳에 오래 머물며 매일매일 와인 투어를 하는 사람까지 있을 정도로 포르투는 언제든 와이너리 투어가 가능한 곳이기도 하다.

밤이 내리면 도심의 불빛들이 모두 강가로 흘러 내려와 흔들린다. 별빛이 내려앉은 것만 같다. 혼자 온 여행자라도 이 광경 앞에서는 절대 외로움을 느낄 일이 없다. 도착한 첫날부터 이런 식으로 눈과 코와 입이 즐거워진다면 그다음부터는 어느 방향이어도 상관이 없다.

둘째 날부터는 그야말로 걷는 일이 전부여야 한다. 알고 걸어도 좋고 모르고 걸어도 상관없지만 시작은 상 벤투 중앙역이었으면 좋겠다. 원래는 수도원이었는데 기차역으로 변했다. 건물 내부는 포르투 역사를 아로새긴 화려한 아줄레주 장식으로 꾸며져 있다. 타일에 정교하게 표현된 거대함에 압도된다. 역이라고 하기엔 너무나 과한 장식이 아닐까 싶을 정도로 세밀한 표현들이 바쁘게 오가는 사람들의 발목을 잡는다. 실제로 역 안에서 결혼사진을 찍는 커플들을 자주 만날 수 있을 만큼 인기 있는 곳이다.

역을 빠져나와서 가장 큰 중심가인 도스 알리아도스 대로를 따라 걷다 보면 세상에서 가장 아름다운 맥도널드를 만난다. 이 흔하디흔한 프랜차이즈 햄버거 가게는 포르투에서만큼은 각별하고 심지어 귀해 보이기까지 한다. 이곳에서 햄버거를 먹다 보니 지금까지 내가 같은 값을 내고 먹었던 햄버거 값이 어찌나 아깝게 느껴지든지. 아무것도 아닌 것들마저 이토록 특별하게 여겨지는 골목을 만난다는 일이 쉬운 것은 아닐 것이다.

시청 앞 골목에 자리 잡은 볼량시장은 포르투의 싱싱함을 볼 수 있는 곳. 그 역사가 백 년이 넘은 곳이다. 우아한 아트리움 구조의 이층으로 구성된 건물들은 아기자기함과 독특함을 갖추고 있다. 이곳으로 포르투의 신신힘이 모여들고, 현지인의 활기찬 일상이 더해지고 또 엉킨다. 그런데도 번잡하지 않고 오히려 소담하다. 화려하지 않아서 편하고, 복작거려서 살갑다. 시장 어귀 꽃집에서 꽃 한 송이라도 사서 숙소의 창가에 꽂아두는 날이면 당신은 이곳을 떠나기가 점점 더 어려워질 것이다.

오래된 골목으로 이어진 언덕들과 언덕들을 공룡처럼 덜거덕거리며 기어다니는 트램을 따라 걷다 보면 점점 더 살고 싶어지는 골목들이 등장한다. 영화 〈해리포터〉 시리즈에 나오는 아름다운 서점 렐루 앤 이르마우Livraria Lello & Irmao는 1906년에 문을 열었는데, 그 오랜 시간이 무색할 만큼 보존이 잘 되어 놀랍다. 그런데 더 놀라운 것은 그곳이 그냥 동네서점이라는 것. 빼곡하게 진열된 책들 사이로 스테인드글라스를 통과한 오색찬란한 햇빛이 영롱하게 떨어진다. 책을 구경하기보다는 고풍스럽게 디자인된 실내장식들을 살피느라 목이 아플 지경이다.

포르투의 골목마다 평범한 것이 특별하게 느껴지는 곳이 숨어 있다. 이는 포르투만의 유구한 역사와 그 역사를 사랑하는 사람들이 있어 가능한 일일 것이다. 포르투를 한눈에 담을 수 있는 언덕에 세워진 대성당에서 바라보는 저녁노을과 동 루이스 다리 아래로 이어지는 강가의 카페들. 그 사이사이를 채우는 사람들까지 그곳에 존재하는 모든 것이 영원히 잊지 못할 풍경이 된다. 나는 그 모든 풍경을 큰마음 먹고 하는 외출 또는 여행에서 얻는 것이 아니라 그들의 일상이라는 점이 그저 부러울 뿐이었다. 화려한 장식의 기차역을 통해 출퇴근을 하고, 세상에서 가장 아름다운 패스트푸드점에서 점심 식사를 하며, 천 년이 넘은 서점에서 오후를 즐기는 생활. 골목 골목마다 쉽게 지나칠 수 없는 감정들을 아무렇지 않게 만나는 사람들이 부러웠다.

그 부러움이 풍선처럼 한껏 부풀어 오를 때쯤이면 떠나야 할 시간이 된 당신도 살아본 듯한 감정을 느낄 수 있을 것이다. 포르투는 그만큼 사랑스러운 도시다. 이 도시에 사는 사람들은 강이 있어서 강을 즐기고 언덕이 있어 언덕을 즐길 뿐이다. 그들이 어디에 앉든 그 자리가 세상에서 가장 아름다운 자리가 된다.

## 나만의 생에
## 몰두할 수 있는 곳

포르투 사람들은 그들에게 주어진 모든 것들을 아낌없이 즐기며 산다. 그들의 일상은 그야말로 여행이다. 산다는 것이 여행이라고 늘 말하고 다니지만 정작 나는 여행처럼 살지 못했다. 이유라면 곁의 것을 즐기지 못하고 가까운 이와 여유를 나누지 못했기 때문이 아닐까. 그녀가 그것을 느끼고 왔으면 좋겠다는 생각에서 그곳으로 가라고 했다. 그녀에게는 마냥 아름답기만 한 휴양지를 추천하고 싶지는 않았다. 그곳은 그녀의 삶과는 너무 동떨어진 곳일지도 모르니까. 그녀의 질문에 가장 먼저 떠올린 곳이 작고 아름다운 도시 포르투였다. 그 도시 어디를 가더라도 그녀는 친근하고 다정한 친구가 사는 골목을 만날 수 있으리라. 잠시 동안이나마 따뜻한 마음을 느낄 수 있으리라. 스스로가 특별하고 소중하게 느껴지는 마음을 잠시만이라도 느꼈으면 했다.

사실 여행은 시간이 아주 많은 사람이라면 굳이 갈 필요가 없다고 생각한다. 시간이 모자랄 정도로 바쁘고, 일상에 지쳐 있는 사람들에게 필요한 것이 여행일 것이다. 한 번쯤 그녀가 그런 여행을 했으면 좋겠다. 그 골목에 있었으면 좋겠다. 숙소를 나와 골목에 첫발을 내딛는 순간 그녀는 이미 생과 사랑에 빠지게 될 것이므로.

풍경에 취했다면 와인에 취할 차례　　　　　　　• • •

포르투에 도착한다면 꼭 한 번은 경험해 봐야 할 포트와인. 영국인들이 포도의 산미를 줄이고 브랜디를 첨가해 숙성시켜 부드러우면서도 달콤한 그리고 진한 풍미의 독특한 와인을 만들었다. 이 맛 때문에 전 세계인의 사랑을 받고 있다. 포트와인은 어느 카페에 가더라도 쉽게 만날 수 있는데 아주 저렴한 와인부터 빈티지 100년을 훌쩍 넘긴 것까지 다양하다. 이 다양함을 한 번에 즐길 수 있는 방법은 와인투어를 하는 것이다. 1880년에 오픈한 와인 박물관과 매장을 겸하는 하무스 핀투Ramos Pinto는 모후정원역에서 가깝다. 가장 오래된 와인 회사 크로프트Croft는 1588년에 설립됐다. 제너럴 토레스 역 근처다. 이 밖에도 무료로 참여할 수 있는 와이너리 투어가 많은데 현지 카페나 숙소에 문의하면 된다. 포르투는 작은 도시라 걸어 다녀도 충분히 여행할 수 있지만 낡은 트램을 타고 도시 외곽으로 나가 해안을 즐겨보시라 권해드린다. 구시가에서 18번 트램을 타고 종점에 내려 천천히 산책하다 보면 또 다른 풍경이 펼쳐진다. 해안을 따라 이어지는 레스토랑은 맛있는 해산물 요리를 기대해도 되고, 해양 스포츠를 즐겨도 좋다.

물이 모여

무수한 골목을 이루다니

껀터, 베트남                                    Can Tho, Vietnam

I Will Wait For You
NICKI PARROTT

푸른 새벽의 강물 위를 부지런히 떠다니다가 마침내 아침을 여는 사람들이 있다. 배를 타고 드나드는 그들의 부지런한 일상. 그들은 물결 위에서도 위태롭지 않다. 어느 지표면보다 단단한 수면을 의심하지 않고 뚜벅뚜벅 흘러간다. 그들은 새벽 새처럼 바쁘다. 그들을 보고 있노라면 강물 위를 떠다니는 것이 아니라 새벽 골목을 걷는 기분이 들곤 했다. 그래, 다시 생각해 봐도 떠다니는 것이 아니라 걷는다는 말이 맞겠다.

한 번쯤 그 배를 타고 수면 위의 골목을 걸어보자. 흐르듯 걷고, 걷듯이 흘러서 그들의 곁에 잠시 머물다가, 강에서 뭔가 한 생각을 싱싱한 물고기처럼 건져 올린다면 충분히 좋은 여행을 한 것이다. 그러니 가보자, 푸르고 푸른 새벽의 강으로.

## 국수 삶는 연기가
## 피어오르는 강 위의 골목

이곳은 오 월에서 십일 월까지는 거의 모든 날마다 잠시라도 비가 내린다고 했다. 우기의 절정을 맞이해 강물은 철없는 소년의 꿈처럼 부풀 대로 부풀어 올라 과하게 넘실대고 있다. 어떤 물결은 더러 제힘을 이기지 못해 길을 넘어오기도 했다. 오토바이들은 굉음을 내며 도로 면을 달리고 강은 도로와 거의 대등한 높이로 흘렀다. 이런 생경한 풍경을 보며 걷고 있으니 강물이 도로 같고 도로가 강물 같았다. 혹시나 사고가 날까봐 정신을 바싹 차리자며 고개를 흔들었다.

새벽이었다. 강을 응시하고 있으니 슬며시 두려운 생각마저 들었다. 아니, 두려움이 아니라 내 안의 불안감일지도 모르겠다. 모든 것은 저 강물처럼 부지런히 한 방향으로 흐르는데, 이 새벽 나는 가야 할 방향이 없다. 아직 동이 트지 않은 시간, 사공이 저어가는 뱃길을 따라 조금씩 밝아오는 풍경만 지그시 바라보고 있을 뿐이다. 껀터 선착장에서 새벽 다섯 시에 출발한 작은 배는 한참을 달려 까이랑 수상시장 Cai Rang Floating Market에 도착했다. 푸른 어둠이 걷히기 시작하니 강물도 비로소 누렇게 그 모습을 드러낸다.

이곳에서는 땅 위의 아침보다 강물 위의 아침이 먼저 열린다. 아침이 오기 전, 마지막 단잠을 청할 시간에 배 위의 사람들은 강물을 길어 올려 세수를 하고 청소를 한다. 먼 강물 위의 새벽하늘로 기도를 올리기도 했다. 아득히 멀고 먼 티베트의 어느 산속에서 시작된 이 강물의 행보는 중국과 미얀마, 태국과 라오스, 캄보디아를 거쳐 이곳 베트남까지 왔다. 사람들은 이 강을 메콩강이라 부른다. 어머니의 젖줄이라 불리는 동남아시아 최대의 강은 캄보디아와 베트남에 걸쳐 천혜의 곡창지대인 메콩 삼각주를 만들었고, 수산물의 보고가 되었다. 이곳에 기대 사는 사람들의 감사의 기도가 출렁거리는 배 위에서 시작해 먼 곳으로 퍼져 나간다.

마침내 아침이 열리고 강 위의 일상이 시작된다. 국수를 끓이는 배가 김을 모락모락 피워 올리며 다가온다. 그 옆으로 총천연색의 열대과일을 실은 배가 지나간다. 아침부터 열심히 짐을 옮겨 싣는 사람들이 있고, 한가로이 차를 마시며 배 위를 정원처럼 거니는 사람도 있다. 강아지가 배 위에서 남의 집 마당을 내려다보듯 강물을 바라본다. 꽃을 심는 소녀와 늦잠을 자는 소년이 있다. 온화한 미소를 가진 노인은 강물이 흘러가는 속도를 자신이 살아온 세월을 돌아보듯 바라본다. 이따금 빠른 배들이 속도를 내며 달리고, 그들은 골목에서 만난 사람들끼리 인사하듯 자연스럽게 비껴간다. 이 모든 풍경들이 나를 잠잠하게 한다. 많은 여행자들도 새벽 강의 풍경을 보기 위해 몰려든다. 그들은 배 위에서 강 위의 일상들을 만나기 위해 새벽부터 흔들린다.

사공은 까이랑 수상시장을 거쳐 퐁디엔 수상시장Pong Dien Floating Market으로 배를 몰고 갔다. 퐁디엔까지 가는 뱃길은 도심을 빠져나와 만나는 외곽의 풍경처럼 약간은 한산하고 그만큼 평화롭다. 강과 강을 건너는 바지선에는 수많은 오토바이가 실려 있고, 더러는 자전거를 싣고 건너편

학교에 가는 학생들도 눈에 띈다. 모든 일상이 강을 건너고 있다. 사공은 마치 집 앞 골목을 다니듯 좁은 수로와 큰 강을 번갈아 가며 배를 몬다. 생활의 분주함으로 가득한 이곳은 강이 아니라 골목이라고 해도 무방하리라.

바람에 느리게 흔들리는 야자수와 이른 아침 공기를 수놓는 새소리, 배 뒷전의 강렬한 모터음이 도시를 잠에서 깨운다. 모든 것이 살아 있는 아침이다. 퐁디엔 수상시장의 아주머니들은 배가 들어오자 황급히 국수를 삶아내고 허기진 아침의 여행자를 부추긴다. 그러고 보니 이제야 아침 식사 시간이다. 흔들리며 국수를 먹고 흔들리며 음료수를 마신다. 천 원짜리 국수를 받아들고 돈으로 살 수 없는 웃음들을 함께 말아 먹는다.

흔들리는 배 위에서 국수를 먹으며 중심을 잃지 않으려 애쓴다. 부족함 하나 없는 아침 식사다. 강으로 오기 전에는 분명 이 험한 강물이 무서웠지만 강 위로 올라앉으니 오히려 편안하다. 내 마음은 노인이 매만지는 아이의 얼굴처럼 부드러워졌다. 시간은 강물처럼 천천히 흘러서 자꾸만 깊어진다.

## 강물의 높이로
## 나란히 흐르는 삶

배는 멈추지 않고 쉬지 않는다. 살아 있는 골목을 휘청휘청 걸어가는 것 같다. 야윈 사공의 섬세한 손놀림으로 배는 노련한 물고기처럼 거침없이 나아간다. 이곳은 프랑스 식민지 시대에 정비된 관개 수로가 얽혀 있는 곳이다. 이 수로를 바탕으로 그 어디도 부럽지 않은 곡창지대를 가질 수 있었다. 지금이야 과거의 영화에는 못 미치지만 그래도 그들 곁에는 메콩강이 여전히 풍성하게 흐른다. 이 강이 마르지 않는 한 흐르는 골목에 모여든 그들의 일상도 멈추지 않을 것이다.

좁은 골목 속으로 뛰어 들어가듯 수로에 접어들면 이 강에 기대 살아가는 이들의 적나라한 일상이 출렁거리며 다가온다. 대부분의 집들은 강을 최대한 가까이 두고 자리 잡았다. 강물이 넘쳐 때로는 마당을 침범하는 까닭에 군데군데 길을 막아 놓았지만 강물은 아랑곳하지 않는다. 하지만 사람들은 오랜 세월의 경험으로 강과 더불어 사는 방법을 알고 있다. 강보다 우위에서 사는 것이 아니라 강과 나란한 삶이어야 한다는 것을 마침내 깨달은 것이다.

이른 새벽부터 정오까지 작은 배 안에서 출렁거리고 흔들리다가 다시 제자리로 돌아왔다. 거대한 강과 좁은 수로

들을 오가며 잠시 그들 삶 곁에서 같이 흔들리며 걸었다.

세상은 우리를 날마다 흔들리게 할 것이다. 흔들고 흔들면서 우리가 스스로 균형을 잡는 법을 터득하게 할 것이다. 우리는 여전히 더 흔들리고 출렁거려야 바다라는 거대한 삶에 닿을 수 있겠지. 그들처럼, 이 강물처럼 순하게 웃으며 조금씩 나아가야겠지. 물 위를 사는 그들의 일과 삶이 골목을 걷듯 평온하기를.

## 메콩델타 투어를 하고 싶다면 ● ● ●

메콩강을 여행하는 방법은 여러 가지가 있겠으나 가장 일반적인 방법은 호찌민에서 투어 상품을 이용해 당일치기 또는 1박 2일을 다녀오는 것이다. 물론 그 이상의 일정을 선택할 수도 있다. 하지만 투어 상품에는 방문하고 싶지 않은 곳까지 들러야 하는 경우가 있고, 출발과 돌아가는 시간을 제외하면 여유롭게 돌아보지 못할 수도 있다. 이를 피하고 싶다면 미토 또는 껀터 등지의 메콩강 유역 도시에 숙소를 잡고 투어를 알아보는 것도 한 방법이다. 오롯이 메콩 델타의 풍경과 삶을 경험하고 싶다면 오히려 이편이 가격도 더 저렴하고 포인트를 자세하게 안내받을 수 있다. 껀터는 호치민이나 대도시로 연결되는 버스 노선이 다양해 여행의 베이스캠프로 삼기에 적당하다. 껀터에서 투어를 이용해서 캄보디아로 넘어가는 방법도 있다.

세상의 모든 바람이

잉태되는 골목

콘수에그라, 스페인                    Consuegra, Spain

Gypsy Wind
HEIDI MULLER

"너, 또 봄바람 불었구나." 이 말이 부정적인 뜻이 아니라는 것을 안다. 부러움이 가득 부풀어 올라 결국 숨기지 못하고 뱉은 말이라 생각한다. 그래서 듣는 사람은 조금 미안하기도 하다.

그렇다. 바람이 들었다. 내 입장에서는 바람이 불었다고 해야 할 것이다. 실제로 그때쯤, 내 마음속 어딘가에서 커다란 풍차가 돌아가며 따뜻한 바람을 일으키고 있었다. 그렇게 마음으로부터 봄바람이 불기 시작하면 나는 슬그머니 배낭을 꾸리곤 했다. 바람을 잠재울 방법은 없다. 그냥 바람이 부는 대로 나아가거나, 바람 속을 오래 헤매다 돌아와서는 아무렇지 않은 듯 다시 제자리를 걷는 것밖에는.

그래서 사람들은 '바람처럼'이라는 말을 그리워하는 건지도 모르겠다. 간혹 나만 아는 누군가를 떠올릴 때면 어김없이 바람이 불었다. 다른 사람들도 나처럼 마음속 어딘가에 바람의 서식지가 있다는 것을 알고 있다. 아닌 척해도 묘하게 흔들리는 것을 알고 있다.

그 바람 속에서
나는 다시 태어났으니

바람이 태어나는 곳, 콘수에그라Consuegr를 찾아 나선 것은 마드리드에 도착해서 얼마 지나지 않은 때였다. 모든 여행자들이 레알 마드리드의 축구 경기를 보러 간 그 저녁, 나는 숙소에 홀로 남아 하얀 풍차 사진들을 뚫어지게 바라보고 있었다. 네 개의 거대한 날개가 단단하게 하늘로 뻗은 풍차들이 줄지어 서 있는 평온한 언덕. 사진 속에서 순하고 시원한 바람이 불어오는 듯했는데, 그 바람은 어느 순간 회오리처럼 변해 나를 오래된 시간 속으로 빨아들여 데리고 갔다. 바람이 나를 데려다 놓은 곳은 어릴 적 처음 『돈키호테』를 읽던 시절이었다. 돈키호테의 무모할 정도로 대책 없는 용기가 좋았다기보다 이국적인 이름 자체가 좋았는지도 모른다. 돈키호테가 한 판 승부를 걸었던 거대한 로봇 또는 내가 한 번도 본 적이 없는 어느 거대한 생명체와 비슷했던 풍차. 그 풍차를 보게 된다면 나도 어떤 새로운 도전을 할 수 있고 무모한 희망 같은 것을 품을 수 있지 않을까. 그런 마음을 가득 넣어 배낭을 꾸렸다. 아무것도 아닐 수도 있겠지만 내 마음속에 아주 오래전부터 맴돌고 있던 바람의 실체를 보러 간다는 마음으로 길을 나섰다.

버스가 마드리드 외곽을 향해 달린 지 정확하게 두 시간 만에 도착한 콘수에그라는 아주 작은 시골 마을이었다. 도시라고 하기에는 그물처럼 빈틈이 더 많은 곳이다. 하루에 겨우 서너 번의 버스가 서는 정류장에는 아주 드물게 여행자들이 서 있곤 했다. 그래서 좋았다. 낮은 집들이 팔짱을 끼고 줄지어 선 오래된 마을은 차분하고 단정해 낮잠이 저절로 올 것 같은 풍경이었다. 그래서일까, 콘수에그라 사람들은 잠꼬대 같은 어눌하고 수줍은 소리로 인사를 건넸다. 확연히 마드리드의 경쾌한 소음과는 다소 거리가 먼 사람들이었다.

마을 골목 끝에서 신선한 내음의 바람이 불어왔다. 바람에도 신선도가 있다. 여행을 오래 한 나는 그 사실을 알고 있는데, 콘수에그라의 바람은 갓 뽑은 상추처럼 신선했다. 골목은 언덕을 향해 힘껏 뛰어가고 있었다. 골목이 사라진 소실점에는 커다란 풍차의 실루엣이 아련하게 보였다. 그 풍차는 내가 오래전부터 꿈꾸어 왔던 소설 속의 실체이자, 근거 없이 자주 불어대던 바람의 상징이기도 했다. 익숙하고도 반가웠다. 눈부시게 희고 부드러운 곡선의 둥근 몸체는 언덕 위에 우람하게 서 있었는데, 마치 등대처럼 보이기도 했다. 풍차의 날개는 커다란 원을 그리며 빙빙 돌아가며 바람의 씨줄 날줄을 엮어내고 있었다. 이 곁에 서고 싶어서 자주 내 마음에 바람이 일었구나. 골목 끝 언덕 위로 펼쳐진 바람의 집들. 나는 이곳에서 세상의 모든 바람이 잉태된다고 상상했다. 이곳을 출발해 몇 개의 대륙을 떠돌다가 끝내 너의 곁으로 돌아온 것이라 상상했다. 그날, 바람이 불 때마다 너는 내게 웃어주었을 것이고, 나도 너를 닮은 모습으로 웃었을 것이다.

나는 지금 오래전부터 나를 위로해 왔던 시간들의 실체에 발을 딛고 있다. 답답한 마음이 들 때마다 나는 이 풍경을 떠올리며 나를 다잡았다. 그 위로의 상상이 결국 현실이 되고야 말았다. 바람이 많은 언덕이었다. 넓게 펼쳐진 들판을 달려온 바람들이 여러 개의 풍차에 몸을 씻고 새로 태어나거나 잠시 머물다가 어딘가로 사라졌다. 한낮의 뙤약볕도 깊은 밤의 별들도 이 바람을 맞고서 다시 태어났다.

이 골목과 언덕을 걷는다. 마을 한가운데 자리한 성당에도, 사람들이 오가는 광장에도, 하릴없는 카페의 빈자리에도 순한 바람들이 들어서 있다. 나는 언덕 위에서 불어오는 막 태어난 신선한 공기를 힘껏 들이마신다. 눈은 깨끗해지고 마음은 밝아진다.

잘 왔구나. 비록 오랜 시간이 걸리긴 했지만 끝내 오고야 말았으니, 그거면 됐다. 그것만으로 충분히 훌륭하다. 나는 젊은 마음이 되었다. 언덕의 바람이 골목으로 달려 내려와 생을 환기시키는 어느 오후. 나는 이 골목 어디쯤에서 다시 태어난 게 아닐까.

# 너 또
# 봄바람 불었구나

바람의 힘을 믿는다. 꽉 막힌 나날들이 이어질 때도, 진공 상태 속에 멍하니 있는 서 있는 것 같은 날들이 계속될 때도, 피곤한 아침에도, 지친 오후에도, 잠들지 못하는 밤에도 우리가 끝내 포기하지 않는 이유는 우리 안의 어딘가에 풍차가 돌고 있기 때문이다. 거기서 시작한 바람이 내가 사랑하고 내가 믿는 것들에게로 불어오기 때문이다. 나를 향한 위로의 방향으로 부는 바람을 생각하며 나는 깃발을 만든다. 정성스러운 마음으로 만든 그 깃발을 바람이 응원하듯 흔들고 있다.

　나만 아는 곳에 내가 만든 풍차가 있다. 그 풍차를 다시 보러 가는 날까지 나는 바람 속을 걷듯 걷는다. 조금 흔들려도 괜찮다. 잠시 멈춰도 상관없다. 이 바람을 따라가다 보면 언젠가 도착하리라는 것을 알기 때문이다.

　실체는 없지만 느끼고 만질 수 있는 바람처럼, 당신의 꿈과 상상 역시 그러하다. 눈 앞에 당장 보이진 않지만 그것은 분명 실재한다. 그러니 한 번쯤 바람처럼 휙 하고 나서 보시라. 누군가가 "너, 또 봄바람 불었구나" 하고 말한다면 기분 좋게 웃어주시라. 우리 안의 바람은 단 한 번도 멈춘 적이 없다. 당신은 바람을 따라, 바람이 등을 떠미는 방향으로 가면 된다.


## 마드리드에서 풍차의 풍경 라만차까지 ● ● ●

스페인 여행에서 가장 먼저 추천하고 싶은 곳은 마드리드다. 스페인 건축과 예술, 스포츠의 중심지이며, 지리적으로도 모든 도시를 연결한다. 세계 3대 미술관에 속하는 프라도 미술관을 비롯해 여러 종류의 박물관과 왕궁들 역시 빼놓을 수 없다. 레알 마드리드의 축구 경기를 관람할 수도 있다. 근교에는 유네스코 세계문화유산에 등재된 다양한 분위기의 소도시들이 많은데, 중세도시의 면모를 확실하게 느낄 수 있는 톨레도와 절벽 위의 도시 쿠엥카, 스페인 최대의 로마 유적지 메리다와 세고비아 등은 마드리드에 짐을 풀고 하루 만에 다녀올 수 있는 곳들이다.

풍차를 만날 수 있는 곳은 톨레도 근교 라만차 지역에 세 곳이 모여 있다. 캄포 데 크립타나, 엘 토보소, 콘수에그라는 서로 멀지 않은 곳이라 자동차를 이용한다면 하루 만에 충분히 둘러볼 수 있다. 기차나 버스 같은 대중교통을 이용할 경우는 하루에 한 곳 정도를 목표로 여유 있게 방문하는 것이 현명하다. 기차의 경우 마드리드의 차 마르틴 역에서 2시간이면 아토차 역을 지나 캄포 데 크립타나까지 간다. 기차나 버스 모두 계절이나 요일에 따라 시간이 달라지므로 홈페이지(www.aisa-grupo.com 또는 http://samar. es/)에서 확인하자. 콘수에그라는 풍차 언덕에 있는 낡은 성에 서 내려다보는 풍경이 목가적이다. 엘 토보소는 돈 키호테와 관련한 여러 가지 프로그램이 있고 박물관 관람도 추천한다.

세상의 모든 소원이

별이 되어 뜨는 곳

치앙마이, 태국　　　　Chiang Mai, Thailand

천의 바람이 되어
ARAI MANN

누군가의 소원은 등불이 되어 밤하늘을 환하게 밝힌다. 세상에 이토록 무수한 소원과 간절한 희망이 있었다니. 그것들은 높이 높이 올라가 마침내 밤하늘의 별이 된다. 사람들은 까만 밤하늘을 응시하며 가슴에 손을 얹는다. 별이 된 그 마음을 잊지 않으려 발바닥에 힘을 주고 서성인다. 그 애절함으로 우리는 또 한 해를 살 수 있을 것이다. 훗날의 어느 밤 무심코 올려다본 하늘에 뜬 별 하나, 파르르 떨고 있는 그 별은 어쩌면 오늘 내가 날려 보낸 환한 등불일지도 모른다. 내 오랜 소원이 높이 올라가 가장 밝게 빛나는 별이 되었을 거라고 믿는다.

별의 행렬은 어느 골목에서 시작됐는지 모른다. 하지만 그 행렬은 길게 이어져 결국 하늘에 닿았다. 나는 별처럼 빛나던 그 소원들이 모두 이루어지기를 빌었다. 소원이 이뤄지기를 소원했던 밤. 골목의 어느 담에 등을 기대고 반짝이는 허공을 오래오래 올려다보았다. 참으로 찬란한 밤이었다.

소원과 희망으로
힘껏 부푸는 등불

등불에 소원을 담아 밤하늘을 향해 날리는 참하고 순한 얼굴들의 영상이 오랫동안 사라지지 않았다. 그 얼굴들이 재생되던 그곳으로 가고 싶었다. 오래전 여행에서 잠시 그곳을 지나쳐 간 적이 있다. 그때는 축제가 끝난 지 한참 뒤였다. 그래서 이번에는 모든 일정을 태국 북부의 작은 도시에 맞추었다. 여행을 하며 알게 된 건, 내가 오랫동안 갈망하는 장소는 언젠가 반드시 가게 된다는 사실이다. 이제 치앙마이는 더 이상 작은 도시가 아니다. 많은 비행 편수가 생겼고, 하루에도 수십 차례 버스와 기차가 드나들며 여행자들을 실어 나른다. 어엿한 태국 북부의 최대 도시로 성장한 것이다. 마음만 먹으면 언제든 갈 수 있는 곳이 되었고 덕분에 많은 사람들이 편리하게 축제로 향할 수 있다.

로이 끄라통Loi Krathong은 태국력으로 십이 월의 보름날에 이루어지는 행사다. 태국 전역에서 펼쳐지는 행사지만 치앙마이가 가장 유명하다. 대개 십일 월 중에 이루어진다고 보면 된다. 태국에서 열리는 모든 축제 중에서 하반기의 가장 성대한 축제라고도 할 수 있는데, 특히 치앙마이의 행사는 오래전부터 세계적인 규모로 자리매김하고 있다. '로이'는 소원을 일컫고 '끄라통'은 작은 배를 말한다. 즉 소원을 작은 배에 실어 강물에 띄워 보내는 행사라는 뜻이다. 그리고 여기에 이뼁Yi Peng 행사가 더해져 이 축제를 즐기기위해 전 세계 사람들이 치앙마이로 몰려든다. 이뼁은 커다랗고 하얀 풍등을 하늘에 띄워 보내는 것으로 로이 끄라통 과 그 의미는 같다고 할 수 있다.

사람들은 수많은 풍등이 펼쳐내는 환상적인 풍경에 더 환호한다. "로이 끄라통에 참여할 거야"라는 말은 풍등을 날리는 이뺑 행사에 참여할 거란 말이나 다름없다. 실제로 치앙마이로 몰려드는 대부분의 사람들은 풍등을 날리는 이뺑행사가 로이 끄라통이라 알고 있는 사람도 적지 않다. 뭐, 상관없는 일이다. 두 행사가 같은 날에 이루어지고, 똑같은 뜻과 의미로 사람들을 위로하고 격려하며 축하하니까 말이다.

축제는 성곽 안에 조성된 올드시티와 주변에서 다양한 방식으로 이루어진다. 보름날 전후 하루씩, 그러니까 모두 사흘 간이 절정이다. 이 중에는 외국인들도 직접 참여할 수 있는 로이 끄라통 만들기 체험도 있고, 전통 댄스 관람과 퍼레이드 등 부지런히 발품을 팔며 이곳저곳에서 열리는 다양한 행사들을 쫓아다니다 보면 사흘이라는 시간이 정말로 짧다는 것을 느끼게 된다.

축제의 서막을 알리는 것은 올드시티 전체를 감싸며 밝혀지는 촛불과 오색등이다. 도시 전체를 촛불로 수놓은 것이 가능한 일인가 싶었지만 실제로 가능했다. 바닥에 촘촘하게 놓인 작은 촛불들이 온 거리를 밝히고, 하늘에는 오색등이 창연히 매달린다. 축제가 시작된다는 신호다. 골목에서 쏟아져 나온 사람들은 밤늦도록 거리를 배회하며 촛불이 밝혀진 거리를 걷는다. 이곳에 사는 사람들은 사원을 향한다. 그들이 밝힌 촛불 하나하나가 그들의 믿음이자 사원을 향해 갖추는 예의다. 그것이 든든한 성곽처럼 그들 모두를 지켜준다. 어쩌면 이 행사는 서로가 그 사실을 확인하는 절차인지도 모른다. 올드시티 안에는 편의점보다 사원이 더 많다고 해도 과언이 아닌데, 이 사원들이 각각 다른 모양의 등을 달고 색다른 치장을 한다. 이 때문에 사원만 돌아보아도 축제의 분위기를 한껏 즐길 수 있다.

많은 사원 중에서도 왓 판 따오Wat Phan Tao 사원은 축제 기간에 꼭 한 번은 들러야 할 곳이다. 사원 한쪽 커다란 나무 아래 금불상이 놓여 있고, 그 나무에 나뭇잎만큼 많은 오색등이 달린다. 작은 동산을 감싸는 연못 위로 비치는 오색찬란한 불빛들과 동자승들의 고요한 자태는 종교를 떠나서 누가 보더라도 정말 아름답고 감동적인 장면을 연출한다. 어떤 사람들은 풍등을 날리는 것보다 이 장면을 담고자 공을 들인다. 동화적이고 환상적인 풍경이다. 분명 꿈은 아닌데 꿈 같다. 나는 꿈속의 꿈같은 곳에 서서 넋을 잃고 이 장면을 바라보았다.


이곳뿐 아니라 축제 기간에 이루어지는 모든 공간의 연출이 이러하다. 자, 이제 축제의 하이라이트인 핑강Ping River

으로 가보자. 아니다. 내가 가지 않으려 해도 사람들을 따라 저절로 걷게 될 것이다. 오래전부터 자주 다녀왔던 길처럼, 마치 이 길을 원래 알고 있던 것처럼 말이다. 강물이 바다를 향해 자연스럽게 흘러가는 것처럼 모두가 그 방향으로 향한다. 올드시티 외곽으로 흐르는 드넓은 강 위에 걸쳐진 여러 개의 다리에서 축제의 하이라이트가 이루어진다. 밤이 더 깊어지고 보름달이 한층 선명해지면 검은 강에 환한 꽃배를 띄우거나 하늘로 풍등을 날려 보내기 위해 사람들이 이곳으로 향한다.

까만 밤을 밝히며 흔들리는 불빛들이 찬란한 혼돈처럼 여겨지기도 하고, 또는 애틋하면서도 간절하게 느껴지기도 한다. 누가 먼저랄 것도 없이 불현듯 밝혀지는 이 들뜬 광경에 곳곳에서 환호성이 터져 나온다. 그 환호성은 때로 절규에 가까울 때도 있다. 작은 탄식도 큰 환호성도 모두가 각자 마음속 깊이 지니고 나온 소원이나 바람 그리고 어떤 희망들일 것이다. 그 바람들이 모여 환호성과 함께 풍등을 힘껏 밀어 올린다. 천천히 그리고 가볍게 떠오르는 풍등은 사람들의 머리 위로 솟구쳐 올라 서서히 작아지다가 마침내 밤하늘의 별이 된다.


사람들은 풍등에 손수 소원을 적기도 하고 날아가는 풍등을 향해 두 손을 모으고 기도를 올리기도 한다. 그들의 무엇이 이토록 간절할까 생각해 본다. 아마 그 마음은 누구나 다 비슷할 것이다. 내가 아는 모든 사람들의 건강을 빌고, 이 세상이 조금 더 평화롭기를 바랄 것이다. 무사히 잘 보낸 올해에 대한 감사도 들어있을 것이다. 그리고 다시 만날 새해에 대한 희망과 축원도 포함되어 있겠지. 동서양이 다르지 않고 남녀가 다르지 않을 것이다.

이 골목은 세상 곳곳에서 온 모든 소원들이 환하게 희망이 되어 하늘로 올라가는 장소다. 세상의 모든 소원이 다 모이는 밤이니 어찌 찬란하고 아름답지 않을 수 있을까. 각자의 마음 깊은 곳에 담아 두었던 것을 비로소 꺼내어 올려다 보낸다. 그리고 간절하게 바라본다. 그 마음이 참으로 갸륵한 풍경을 이루는 밤이다.

## 당신의 소원은
## 무엇인가요?

누군가 내게 물었다. 무슨 소원을 빌었냐고. 원래 소원은 남에게 알려주는 것이 아니라 자신의 마음 깊은 곳에 담고 사는 거라 하려다가 결국 말하고 만다. 내 소원은 늘 한결같다고. 소원이 없기를 소원한다고.

어쩌면 이것은 너무나 큰 소원일지도 모른다. 그래, 나는 소원이 필요 없을 정도로 좋은 날들을 살고 싶다. 진심이다.

지금보다 나쁘지 않게, 불행을 불행으로 알지 못하도록. 나는 작고 사소한 행복이 세상에서 가장 큰 행복으로 알도록 해달라고 빌었다. 그렇다면 나는 당신에게 묻고 싶다. 당신의 소원은 무엇이냐고. 풍등이 떠올라 마침내 하늘의 별이 되던 밤, 수많은 사람들이 오가는 그 깊은 골목에서 나도 당신의 소원을 듣고 싶다.

## 축제 준비는 미리미리 　　　　　　　　 • • •

태국력에 따라 매년 축제의 시기가 조금씩 달라지므로 태국 관광청이나 치앙마이 관광청 사이트에서 미리 확인하는 것이 좋다. 태국의 성수기가 십일 월부터 시작되는 데다 축제 역시 이즈음 시작되기 때문에 왕복 교통편과 자신이 원하는 숙소를 선택하는 일 또한 미리 실행해야 하고 그만큼 신중해야 한다. 숙소는 가격이 많이 올라가기 때문에 꼭 올드시티 안에 있어야 한다는 생각만 버리면 더 저렴한 곳에 구할 수 있으니 약간 외과 지역에 숙소를 정하는 것도 이로울 수도 있겠다. 치앙마이 자체가 아기자기한 볼거리가 많고 곳곳마다 야시장이 많기 때문에 숙소와 올드시티를 오가는 동안 더 좋은 여행을 만들 수도 있다. 한 가지 조심해야 할 것이 있다면 수많은 인파 속에서 나를 잃지 않는 것이며, 지니고 갔던 소원을 잊지 않는 것이다.

사천 개의 섬, 사천 개의 여름과 노을
그리고 사천 개의 여행과 인생

씨판돈, 라오스                    Si Phan Don, Laos

Sorry Seems to be the Hardest Word

SARAH DARLING

고요한 들녘에 태양이 기운다. 라오스의 더위는 정말 무지막지해서 실낱처럼 부는 바람마저 소중하게 느껴진다. 다행히 이제는 그 더위가 잠시 내려앉을 시간이다. 하늘 한가운데 떠 있던 태양이 지평선 가까이 내려앉았다. 세상이 옅은 주홍빛으로 물드는 시간, 이제야 눈앞의 모든 풍경이 선명해진다. 하지만 이건 어쩌면 왜곡인지도 모른다. 하루에 한 번 태양은 최대한 아름다운 왜곡을 시도한다. 나는 처마 밑 의자에 앉아 지는 해를 처음인 듯 바라본다. 누군가 돈댓Don Dat에서 할 일은 지는 해를 보는 게 전부라고 했는데, 문득 그 말이 생각났다. 그는 그 시간이 너무나 소중하다고 했다. 이곳 돈댓에서 붉게 물들어 가는 메콩강을 바라보며 일기를 쓰다 보면 왜 그렇게 다들 이곳의 노을을 입모아 칭찬했는지를 알게 된다. 섬들이 오밀조밀하게 모여 있는 곳, 그 섬의 간격으로 인해 강물이 곧 골목 되는 곳. 그 골목 끝에서 들려 오던 아이들의 노랫소리를 따라 걸었다. 걷다가 다리가 아프면 강물에 발을 담그고 오직 나만을 생각했다. 여기는 기꺼이 그래도 되는 곳, 라오스의 남쪽 씨판돈Si Phan Don이다.

아직
과거를 살고 있는 섬

라오스의 최남단. 캄보디아와 국경을 마주하고 있는 곳에
사천 개의 섬이 떠 있다. 그곳을 씨판돈이라 부른다. 바다가
없는 나라 라오스에서 섬이라는 단어를 쓰기는 조금은 부
적절하다고 여겼지만, 메콩강 위에 떠 있는 수많은 섬들의
군락을 보면 충분히 인정할 수 있는 일이다. 사람이 살지
못하는 아주 작은 모래톱부터 제법 큰 규모의 섬들까지, 다
양한 크기의 섬들이 살가운 간격으로 이웃하고 있다. 가느
다란 쪽배를 타고 섬들 사이를 배회하면 섬 하나가 한 채의
집 같기도 하고 때로는 말없이 돌아앉은 사람의 굽은 등처
럼 여겨지기도 한다. 마을버스를 타고 좁은 골목을 지나듯
배를 타고 자유로이 드나드는 시판돈 사람들을 보면서 문
득 그런 생각이 들었다. 시판돈의 섬들은 육지와 멀리 떨어
진 외로운 섬들이 아니라 어디서나 닿을 수 있는 이웃의 섬
이다. 그래서 외로움이 느껴지지는 않는다.

  사천 개의 섬들 중 한 곳에 닿기 위해 이른 아침부터 선
착장에서 배를 기다렸다. 씨판돈에서 가장 큰 섬은 인구 만
오천 명이 넘게 거주하는 돈콩Don Khong섬이다. 가장 번화
하고 번잡한 섬이라 할 수 있겠다. 가고자 하는 의지만 있

다면 수많은 섬 어디든 갈 수 있겠지만, 대부분의 배낭여행자들은 가장 남쪽의 돈댓으로 향한다. 규모는 아주 작지만 여행자들이 가장 많이 모인다. 그래서 히피들의 성지, 배낭여행자들의 집합소로 유명세를 얻고 있다.

돈댓은 아직 과거를 살고 있다. 모든 것이 옛날에 머물고 있다. 대단한 건물도 없고 딱히 즐길 거리도 없지만 오히려 이 때문에 나만의 시간을 오롯이 느끼고 즐길 수 있다. 2009년 후반에야 겨우 전기가 들어오기 시작했는데, 여행자들은 이마저도 아쉬워하며 촛불을 밝히던 예전을 그리워하기도 한다.

문명과는 큰 상관없이 살던 섬의 시간과 풍경은 여전히 느리게 흐른다. 도시를 살던 사람들은 이곳의 이런 생경하면서도 불편한 이것저것을 즐기러 오는 것일지도 모른다. 섬의 북쪽에 레스토랑이 있고 그 근처에 작은 모래사장이 펼쳐져 있다. 돈댓으로 오는 배들은 대부분 이곳으로 드나들며 사람과 물자를 실어 나른다. 보트가 정박하는 근처에 숙소와 카페들이 몰려 있는데, 여행자들은 많은 시간을 숙소 안에서 뒹굴며 보낸다. 그들은 섬을 떠날 때까지 이 작은 섬을 잘 벗어나지 않으려고 한다. 산책을 하거나 책을 읽고, 배가 고프면 간단한 음식으로 배를 채우는 일이 전부다. 이들은 날마다 뜨는 태양과 날마다 지는 태양을 비교하는 일을 가장 큰 일로 여긴다.

메콩 강을 붉게 물들이며 지는 석양은 누가 보더라도 부정하지 못할 아름다움을 선사한다. 매일 뜨는 해도 이곳에서는 달라진다. 강 위로 떨어지는 붉은 해와 야자수의 검은 실루엣, 이를 배경으로 하루를 마감하며 걸어가는 사람들의 발걸음마저 경쾌하게 느껴지곤 했다. 마법과 같은 그 빛깔을 어떻게 설명해야 할지 모르겠다. 그래서 사진을 찍어 엽서를 만들어 지인들에게 보냈다. 사진으로도 미처 다 표현하지 못한 노을의 시간을 보러오라고 쓸 수밖에 없었다. 돈댓에서 나는 표현할 수 없는 일은 차라리 함구하고 현재에 몰두하는 것이 더 낫다는 것을 배울 수 있었다. 그건 이 아름다움을 나중에 조금이라도 더 선명하게 기억하는 방법이었다.

지루해지면 자전거를 빌려 돈콘Don Khon섬에 다녀오기도 했다. 두 섬은 프랑스 식민지 시절에 건설된 158미터의 콘크리트 다리로 연결되어 있다. 섬의 규모에 비해 너무 큰 게 아닌가 하는 생각이 들기도 하지만, 이 다리로 인해 섬과 섬을 옮겨 다니는 데 불편함이 없으니 어쨌든 고마운 다리이기도 하다. 돈댓섬에 머물더라도 거의 모든 볼거리가 돈콘섬에 모여 있기 때문에 한 번쯤 건너야 한다. 돈댓섬보다는 조금 더 규모가 큰데, 이 섬 북쪽에 왓 콘따이 사원과 또 하나의 볼거리인 증기기관차가 보관되어 있다. 기관차는 1894년에 건설된 철도를 달리던 중 쓰러졌는데, 그 모습 그대로 전시되어 있다. 하지만 작은 섬에 건설된 철도와 낡은 기차는 그야말로 역사의 증거일 뿐, 여행자들의 관심은 언제나 강 쪽으로 쏠린다. 돈댓의 가장 인기 여행지인 리피 폭포는 여행자뿐만 아니라 현지인들도 즐겨 찾는 곳이다. 강 위의 폭포인데, 강을 흐르던 물이 계단처럼 떨어진다. 막상 가보면 거대한 높이를 자랑하는 폭포가 아니라 약간 실망할 수도 있지만, 그래도 물살의 힘은 대단하다. 우기의 리피 폭포는 무서우리만큼 거대한 소리를 낸다. 그러고 보니 라오스의 모든 풍경들은 리피 폭포처럼 자극적이거나 거대한 것이 아니라 소박하고 정서적인 느낌에 가까운 것이었다. 사람을 지배하거나 누르지 않았다.

　강의 폭포를 경험했다면 이제 강의 돌고래를 만나야 한다. 자전거를 타고 낮은 숲들을 지나 곡식들이 익어가는 논밭을 건너 캄보디아 국경과 맞닿은 곳에 비밀스럽게 흐르는 강이 있다. 같은 메콩강이지만 이곳이 뭔가 비밀스럽게 다가오는 이유는 이곳에 돌고래가 살기 때문이다.

**생각처럼 마음처럼**
**떠올랐다가 사라진**

"우리 돌고래 보러 갈까?"

그 제안을 받은 건 아주 오래전, 라오스의 북쪽 루앙프라방에서 만난 어느 일본 여행자에게서였다. 그때 처음으로 강에 돌고래가 산다는 것을 알게 됐지만, 단지 돌고래를 보기 위해 먼 남쪽의 국경까지 가야 한다는 소리에 손사래를 쳤다. 그런데 지금 나는 숨을 죽이고 돌고래를 기다리고 있다. 이 고요한 강에는 이라와디 돌고래가 산다. 1970년대에는 천 마리가 넘게 서식했다고 하지만 지금은 불과 백여 마리가 살고 있다. 그래서 쉽게 볼 수가 없다. 운에 맡겨야겠지. 포기의 심정으로 돌아가려 할 때쯤 수줍게 수면 위로 등을 보이는 돌고래를 목격했다. 그것은 마치 작은 파도 같았다. 태평양에서 힘차게 뛰어오르는 돌고래와는 사뭇 다른 느낌이었다. 조금 더 은밀하고 더 고요했다. 그 시간이 왜 그리 감동적이었는지 자세히 말하지 못하겠다. 나는 다만 숨죽여 기다렸고, 기다리다 보니 간절해진 마음이 생겨났을 것이다. 세상의 모든 일이 그런 것 같다. 내가 바라는 것을 기다리는 시간. 그렇게 보내는 시간 속에 어떤 생각이 보태어지고 어떤 종류의 마음이 영글다가 피어난다. 돌고래는 그 생각과 마음처럼 고요하고 비밀스러운 강 속에서 슬며시 나타났다가 사라졌다. 꿈속의 그림처럼 느껴지던 일이었다. 살면서 짧고 비밀스러운 순간이 자주 생각날 때가 있는데, 돌고래를 만났던 그 순간도 그럴 것이다.

내가 머물렀던 작은 섬은 광활한 대륙에서는 만날 수 없는 것들로만 채워져 있었다. 살면서 사소하게 여기던 모든 것들이 소중한 모습 그대로 남아 있는 곳. 사람들은 편리함을 애써 외면하고 불편을 자처하며 이곳으로 와 자신의 행복을 깨닫기도 했다. 사천 개의 섬들이 모인 곳 씨판돈. 그중 두 개의 섬에서 나는 잠시 살았을 뿐인데, 내 기억은 오래도록 비밀스러운 강물 소리를 내며 흐르고 있다.

## 내 마음 속
## 비밀스럽게 숨 쉬는 돌고래 한 마리

섬은 원래 조금 외로운 곳이다. 약간의 지루함을 기대하며 건너가는 곳이다. 이 지루함이 어느 경지에 오르면 일상처럼 느껴진다. 숨만 쉬고 있어도 좋다는 생각이 든다. 오래된 여행자와 잠자리의 날갯짓처럼 한시도 가만히 있지 못하는 젊은 여행자들이 공존하는 곳이 섬이다. 이곳에서는 그 누구도 심심해하지 않는다. 숨은그림찾기를 하는 것처럼 날마다 소소한 일들이 벌어진다. 어제가 다르고 오늘이 다르다. 여행자들은 자기만의 방식으로 여행을 만들어 간다. 사천 개의 섬에 사천 개의 여름이 있고, 사천 개의 노을이 있고, 사천 개의 여행이 있고, 사천 개의 인생이 있다.

  씨판돈에 가거든 강 위로 지는 해를 날마다 바라보시라.

그러면 날마다 달라지는 자신을 보게 될 것이다. 그 마음속에 비밀스럽게 숨 쉬는 돌고래 한 마리가 살고 있을 것인데, 그 돌고래가 당신의 마음을 헤엄치며 새로운 길을 내줄 것이다.


## 씨판돈이라는 섬의 수칙       • • •

대부분 여행자들이 앞서 소개한 두 곳의 섬 중 한 곳에 머물며 섬을 오간다. 강이 주는 즐거움이 가장 큰 곳이므로 강에서 이루어지는 각종 레포츠를 만끽할 수 있다. 게다가 가격도 저렴하다. 고급 숙소를 원한다면 돈콩에서 지내는 것이 낫다. 숙소를 잡을 때는 강을 마주하는 방갈로를 추천한다. 다만, 모기나 벌레를 대비한 방충 시설이 잘되어 있는지 확인하는 것이 필수다. 이곳에서 국경을 건너 캄보디아로 갈 수 있다. 섬을 빠져나와 남쪽 국경을 이용하는 것이 가장 일반적이며, 교통편을 포함한 모든 궁금증은 머물고 있는 숙소에 알아보는 것이 가장 확실하다.

내가
온전히 나로서 있을 수 있는 곳

우유니 소금사막, 볼리비아　　Salar de Uyuni, Bolivia

Caruso (Feat:Sabina Sciubba)
ANTONIO FORCIONE

새하얀 사막 위에 파란 하늘. 그마저 밤이 되면 경계가 사라진다. 이 풍경에 대해서 아주 간단하게 설명을 하자면 이렇다. 하얀 소금사막과 파란 하늘. 실제로 이것이 전부다. 세상에서 가장 설명하기 쉬운 풍경이지만, 세상에서 가장 표현하기 어려운 풍경이기도 하다. 하늘 아래 덩그러니 펼쳐진 광활한 소금사막 하나를 설명하기엔 마음을 준비할 얼마간의 시간이 필요할 것이다. 이곳을 다녀간 사람들의 숫자만큼 각기 다른 설명을 해도 부족할 것이다. 살면서 이렇게 단순한 풍경 앞에 잠시라도 서 있을 여유조차 없는 우리에겐, 복잡한 어느 대도시의 풍경을 설명하는 것이 차라리 쉬울지도 모른다. 단순한, 너무나 단순한 풍경에 익숙하지 않은 나는 이 풍경 앞에 서서 가슴 속에서 피어나는 무한한 아름다운 단어들을 명확하게 설명할 길이 없어 난처했다. 참으로 아이러니한 일이다. 아무것도 없는 것을 설명하기란 늘 그렇다. 사람들이 골목 없는 골목을 돌아다니듯 거침없이 펼쳐진 새하얀 사막. 길 없는 길에서 길 잃은 자처럼 간혹 멍하니 하늘과 하늘이 맞닿은 소금의 지평선을 바라볼 뿐이다.

# 세상의 모든 빛이
# 몰려오는 곳

소금사막에 가기 위해 우유니에 도착하려면 주변 도시 어디에서 출발하더라도 대여섯 시간에서 족히 하룻길 이상은 걸려야 가능하다. 비포장도로를 구불구불 달려 도착한 시골 마을 우유니는 마치 서부영화 세트장처럼 간소하면서도 황량한 풍경이었다. 하지만 그 속을 걷는 사람들은 저마다의 상상 속을 이미 달려가고 있는 듯 꿈으로 가득 찬 행복한 표정이었다. 이들이 우유니로 모여든 이유는 오로지 단 하나밖에 없기 때문이다. 소금사막에 가기 위해서. 새하얗게 펼쳐진 소금사막으로 달려 나가는 상상 하나만으로 대륙을 건너왔거나, 오랜 세월을 기다렸거나, 드물게는 삶을 바꾸기도 한 사람들이다. 모두가 같은 목적으로 모여든 지구상의 유일한 동네가 아닐까 한다. 왜냐하면 그곳엔 사막 말고는 아무것도 없기 때문이다. 대중교통을 이용해서 사막을 지나 칠레로 넘어갈 수는 있다고 하지만 투어를 위해 개인적으로 출발하는 여행자는 흔하지 않다. 그래서 사람들은 오로지 하나의 목적으로 투어를 알아보는 데 온 신경을 다 쏟는다.

사막 투어는 적게는 두어 명부터 많게는 대여섯 명 또는 그 이상까지 지프 한 대에 올라타고 합숙을 하는 형태로 이루어진다. 조금은 불편할 수 있는 여행이지만 아무도 불만을 가지지는 않는다. 비좁은 지프를 타고 가면서 그들이 오로지 하는 일은 창밖을 바라보며 놀라거나, 차가 멈추면 내려서 또 놀라는 일, 그게 전부다. 그저 놀라고 또 놀란다. 세상이 이토록 하얗다는 이유로. 하얗게 펼쳐진 소금사막 위로 파랗게 펼쳐지는 하늘만 존재해도 세상은 이렇게나 아름다운 모습으로 존재 가능하다는 것을 확인할 수 있어서. 우유니 사막에 서서 나는 마치 세상의 또 다른 비밀을 알게됐다는 생각을 했다.

사막이 시작되면 그나마 조금씩 보이던 사람들의 모습은 완전히 볼 수 없게 된다. 그리고 빛이 몰려온다. 밝고 영롱하다가 환하다가 마침내 눈부시다. 세상의 모든 빛이 몰려온다. 어느 한 방향에서 몰려오는 게 아니라 밀려든다. 제대로 눈을 뜰 수가 없을 지경이다. 그래서 선글라스를 쓰지 않으면 안 된다. 이 눈부신 광경을 색유리를 통해 본다는 것이 불만이지만, 이내 그마저 얼마나 감사한 풍경인지를 깨닫게 된다.


소금사막을 반나절 정도 달리면 도착할 수 있는 곳에 섬이 하나 있다. 일명 '물고기 섬Isla del pescado'이라고 불리는 바위섬이다. 끝없이 펼쳐진 하얀 소금사막이 바다라면 먼먼 항해 끝에 만나게 되는 육지가 바로 이 물고기 섬이다.

물고기를 닮았다고 해서 물고기 섬이다. 사실 몇만 년 전 이 소금사막은 실제로 바다였으니, 이 작은 섬은 그날로부터 한 번도 변함없이 섬이었을 것이다. 섬은 온통 바위와 바위틈의 선인장으로 이루어져 있다. 거의 천 년을 살아왔다는 선인장은 밖으로 드러난 물고기의 뼈저럼 날카롭고 견고하다. 망망대해 새하얀 사막 위에 떠 있는 물고기. 그 뼈처럼 돋아난 선인장 사이로 사막을 내려다보면 잠시 원근감을 잃는다. 이 느낌은 어디에서도 경험할 수 없는 비현실적인 것이다. 발아래엔 얕게는 몇 미터에서, 깊게는 백 미터까지 엄청난 두께의 소금이 매장되어 있다. 전라남도 넓이만큼이고 총 매장량은 백억 톤이 넘는다고 한다.

저 멀리 사막 속으로 걸어가는 한 사람이 있다. 하얀 도화지 위에 떨어뜨린 점처럼 보인다. 가만히 서 있는 것인지, 어딘가를 향해 걷고 있는 것인지, 제자리에 서서 지평선을 응시하고 있는지는 알 수가 없다. 움직임이 느껴지지 않을 정도로 미미한 점 같은 존재가 나일 것이며 너이기도 할 것이고 우리들일 것이다. 여기서는 누구라도 그야말로 하나의 점일 뿐이다. 이 거대한 풍경 속에서 너와 나는 얼마나 사소한 존재인가. 이 풍경 앞에서 우리는 얼마나 겸손해야 하는가. 몇만 년을 변함없이, 변할 수도 없는 풍경으로 살아와 이리도 아름답다. 마음의 작은 점 하나가 흔들려도 커다랗게 아우성을 쳐대는 나는 반성하고 반성해야 할 일이다.

많은 이들이 이 섬에 와서 맞이한 이 풍경이 놀라움을 뛰어넘어 평생 잊히지 않는다고 말하는 이유를 이제야 알겠다. 아무것도 없는 풍경 속, 나는 나를 온전히 드러내고 그래서 나를 더 자세히 볼 수 있는 것이다. 내가 세상이고, 내가 오직 나로서 유일하게 서 있을 수 있는 곳. 여기는 그럴 수 있는 세상의 유일한 장소다. 이 사막에 내가 아는 많고 많은 사람들을 불러다 모으고 싶다. 말없이 앉아 멀리 사라져가는 하얀 지평선을 보게 하고 싶다.

## 그리운 사람의 얼굴은
## 별이 되어 빛나고

우유니 사막을 보기 위한 가장 좋은 시기는 우기가 끝나는 일월에서 삼월 사이다. 빗물이 고여 거대한 하늘을 그대로 반영하는 상하 대칭의 세계가 펼쳐진다. 사막을 달리면 달릴수록 헷갈린다. 이렇게 아무것도 없는 곳을 달리는데 마음속에는 왜 자꾸만 뭔가가 쌓이는 것일까. 사는 데 왜 이리 미련이 많은 것일까. 미련 끝으로 잠이 밀려왔다. 오랜만에 느끼는 아득한 고요함. 고요함에 익숙하지 않은 몸은 자꾸만 몽롱해진다. 꿈속을 걷는 듯하지만 여기는 엄연한 현실의 공간이다. 여기서 길을 잃는다면 하늘을 헤매는 것일 수도 있겠다. 잠시 잘못 발을 디뎌 빠져나간 곳이 하늘인 것이다. 우기가 막 끝난 소금사막은 하늘이다. 온통 하늘이다. 하늘도 하늘이고 땅도 하늘이다. 새하얀 소금사막의 호수에 비치는 하늘은 비친다는 말보다 그냥 하늘이 내려앉았다고 말하는 것이 더 정확하다. 지평선에서 나눠지는 하늘의 하늘과 땅의 하늘이 정확하게 닮았다. 수면에 비친 하늘이 너무 선명해서 그냥 하나의 하늘이라고밖에 말할 수 없다.

그 수면을 달린다. 하늘을 나는 기분으로 달리거나 걷는다. 사람들은 이 반영을 보며 세상에서 가장 큰 거울이라고 말한다. 그렇게 온종일 새하얀 세상에 갇히거나 지상의 하늘에서 배회하다가 밤이 되면 그 역시 하늘과 땅을 합쳐 온통 하늘뿐인 밤하늘 아래에 선다. 사소한 밝기로 빛나는 별 하나까지도 고스란히 수면 위로 내려앉는 곳. 세상의 절반이 하늘이었다가 세상 모두가 하늘이 되는 곳. 그 속에서 잠을 청한다. 별 아래 누우면 좋아하는 사람의 얼굴이 별처럼 떠오르고, 그리운 사람의 얼굴이 별처럼 깜빡인다. 나는 그리운 사람의 얼굴로 빛나는 별빛을 뜰채로 건져낸다. 고작 하루를 달려왔을 뿐인데 나는 이렇게나 밝아졌구나. 여기서 멈추어 사랑하는 사람을 기다려도 좋겠다고 생각한다. 이곳에서 만나는 그 누구라도 이 풍경 속에서라면 서로가 실망할 일은 없을 듯하다.

우유니 사막 투어는 이뿐만이 아니다. 어떤 이들은 소금 사막이 끝나고 새롭게 펼쳐지는 풍경에 더욱 열광한다. 사막에서 하루를 지내고 칠레 국경 방향으로 차가 달리기 시작하면 전날 봤던 새하얀 풍경 위에 말로 표현할 수 없는 아름다운 색이 칠해지는 풍경을 만나기 때문이다. 하양과 파랑이라는 두 가지 색으로 만들어진 풍경에서 총천연색의 풍경으로 옮겨가는 것이다. 여행자들 앞에는 붉은 호수와 지구의 속살이 드러난 듯 여러 가지 물감을 쏟아 놓은 듯한 황무지 산들, 그리고 신비한 연기를 피워 올리는 온천, 가끔 만나게 되는 순한 짐승들과 우아한 자태를 뽐내며 무리지어 춤추는 홍학들이 기다리고 있다. 이 모든 것이 생생한 현실이다.

## 우리가
## 끝내 아름다운 한 점이 되는 일

사람을 만나러 가는 것이 아닌 오로지 나를 만나러 가는 여행이 되는 곳. 내가 그 아름다운 풍경 속에 존재한다는 사실을 가장 극명하게 알려주는 곳. 여러 명의 나와 만나게 되는 곳. 내 안의 골목을 나와 함께 걸으며 지금까지 미처 몰랐던 내 안의 나를 비로소 만나게 되는 곳이 우유니 사막이다. 이토록 단순한 풍경을 바라보는 일, 지평선 하나로 이루어진 심플한 아름다움과 마주하는 일. 아름다운 것을 경험한 사람은 끝내 아름다운 꿈을 꾸게 될 것이다. 이곳에 당도한 당신도 이곳을 떠나간 당신도 그런 꿈을 꾸게 될 것이다. 지상의 가장 순수한 풍경 속에 잠시 아름다운 점이 되는 당신을 상상한다.


## 소금사막을 여행하기 위해서는 · · ·

우유니 투어는 다양한 상품들로 구성되어 있다. 우선 우유니에 도착하면 여러 군데의 여행사를 돌면서 자신이 원하는 프로그램의 가격과 혜택을 잘 알아본 뒤 결정을 해야 한다. 밤하늘의 별과 일출만 보는 프로그램부터 1일 투어와 1박 2일 그리고 가장 인기가 높은 2박 3일 투어로 칠레 국경을 넘는 프로그램까지 다양하다. 선크림과 선글라스는 필수. 밤낮의 기온 차이가 심한 곳이라 방한 장비도 꼼꼼히 챙겨야 한다. 사막 투어 중에 충전할 곳은 많지 않다. 그나마 숙소에서 가능하지만 이른 시간에 소등이 된다. 숙소는 샤워 비용까지 따로 받는다. 가능하다면 2박 3일 프로그램을 추천한다. 실제로 지루할 틈이 없다. 우유니에서 출발해서 칠레로 넘어가는 일정 속에서 볼리비아의 다양한 자연환경을 체험할 수 있다. 사막을 벗어나면 화산 지역이 펼쳐지고 아름다운 호수도 만난다. 이곳에 사는 동식물의 풍경도 흥미롭다. 특히 홍학의 무리를 관찰하거나 온천에서 수영을 즐기는 일은 꼭 한 번 경험할 만하다. 아주 척박한 곳을 지나는 일이라 당연히 피곤하지만, 만나게 되는 모든 풍경들을 생각하면 이런 것쯤은 아무것도 아니다.

이 골목에 머물기 위해

자꾸만 변명을 해야 했다

세비야, 스페인                    Sevilla, Spain

Clementine
PINK MARTINI

기간이 정해져 있지 않은 여행은 얼마나 다행인가. 때로는 생활에서 조금은 밀려나는 느낌이 들기도 하지만, 이왕 떠났으니 최대한 미적거리며 그것을 타당하게 여기는 일은 또 얼마나 다행한 일인가. 잦은 여행에서 이런 마음이 들 때면 왠지 뿌듯했고 약간이나마 죄책감이 줄어들기도 했다. 특히 세비야에서는 그랬다. 아니 일부러 변명을 만들어 가며 그러고 싶었다. 아무것도 모르고 도착한 도시에서 마음이 급해지고 바빠졌다. 어느 방향으로 나서든지 그렇게 됐다. 골목에 내리쬐던 햇빛과 부드럽게 불어 오던 바람 그리고 짙은 그림자. 골목은 꼭 놀이공원 같아서 내 걸음은 수도 없이 멈춰야만 했다. 그 도시는 그렇게 내 속에 깊게 새겨졌다. 잠시 쉬어간다는 마음으로 편하게 도착한 세비야에서 나는 그만 발이 묶여버리고 말았다. 주저앉아 버리고 말았다.

**부족한 게 있다면**
**시간 뿐이야**

세비야는 스페인의 거의 모든 것을 경험할 수 있는 도시라고 말하던 여자가 생각났다. 세비야에서는 무얼 하면서 지내는 게 좋을지 묻는 내게 "아무 방향이든 좋아. 네가 원하는 대로 걷기만 하면 되는 곳이야. 사랑으로 가득한 곳이 바로 세비야거든." 그렇게 말하고 웃는 그녀에게 나는 강한 신뢰와 애정을 느꼈다. 두 시간 남짓 버스 옆자리에 앉았던 그녀는 자신이 태어난 고향보다 세비야에 더 자주 간다고 했다. 세비야에 도착해서야 비로소 나는 유럽의 북쪽 끝에서 태어나고 자란 그녀가 유럽의 가장 남쪽에 위치한 이 작은 도시를 왜 그렇게 사랑하게 됐는지 그 이유를 알 수 있었다.

도시는 그다지 크지 않았다. 만만하게 여겨도 될 정도의 아담한 규모였다. 하지만 그 아담함 속에는 섬세하게 느껴지는 사소한 것들이 곳곳마다 깃들어 있었다. 마치 작지만 세심한 정성과 배려로 만든 놀이공원 같았다. 모든 풍경이 흥미롭게 다가왔고, 나는 이 다정한 놀이공원의 기구들 앞에서 강한 흥미와 호기심을 느꼈다.

세비야에 도착하는 사람이라면 누구나 한 번쯤은 지나가야 하는 대성당이 있다. 1402년 완공된 이 성당은 스페인에서 가장 크고 유럽에서도 세 번째의 규모를 자랑한다. 이 앞으로 최신식의 날렵한 트램이 출근길 사람들을 실어 나른다. 마차들은 커다란 바퀴를 굴리며 경쾌하게 트램 곁을 함께 달린다. 그 옆으로는 자동차와 자전거가 같이 지난다. 움직일 수 있는 거의 모든 것들이 동시에 행진하는 대성당 앞. 대성당은 안과 밖 모두가 화려함의 절정을 이루는데 사람들은 여기서 적잖게 실랑이를 벌인다. 조금이라도 더 자세히 보려는 사람들과 조금이라도 더 많은 것을 보려는 사람들이 빚어내는 아우성이다.

성당 곁에 우두커니 서 있는 히랄다 탑에 올라서서 아름답게 펼쳐진 이 도시를 이미 본 사람이라면 어쩌면 마음이 급해지기도 할 것이다. 98미터의 높이로 우뚝 솟은 오래된 탑을 뱅글뱅글 돌면서 바라보는 파노라마는 매시간 달라진다. 이 풍경에는 누구라도 반할만하다. 그래서 어떤 사람들은 마음이 급해지고, 어떤 사람들은 발걸음이 느려지기도 한다. 마음이 급해진 사람들은 그들에게 부족한 것이 있다면 시간이라는 것을 비로소 알게 된다.

내가 묵은 숙소는 대성당과 작은 골목 하나를 두고 마주한 터라 하루에도 몇 번씩 성당 앞을 지나는 일이 좋았다. 골목을 지날 때마다 왠지 경건해지는 마음 때문에 나 스스로가 좋은 사람이라는 착각이 들기도 했다. 그 착각을 안고 사람들이 북적이는 골목을 따라가면 더 큰 착각처럼 느껴지는 거대한 구조물이 보인다. 메트로폴 파라솔Metropol Parasol. 사진으로만 봤을 때는 놀이동산의 일부분이거나 어떤 조형물의 일부분처럼 이상하게 보이는데, 이는 세비야를 상징하는 건물이었다. 기존의 재래시장을 현대식으로 개조해 복합문화 공간으로 변신했고 많은 사람들이 찾는다. 누구나 이곳 전망대에 올라 사진을 찍고 싶어 한다. 옛날 건물이 숲이라면 메트로 파라솔은 숲 위에 떠 있는 뭉게구름 같기도 하다. 나는 이 건물 자체가 마음에 들었다기보다는 어떤 과감함이 느껴져 좋았다. 도시 전체가 오래된 박물관 같은 이곳에 오히려 생뚱맞게 그러나 아무렇지 않게, 조금은 천연덕스럽게 자리 잡은 막무가내 정신이 마음에 들었기 때문이다.

전망대에 올라서 바라보는 구시가지는 박물관의 유물처럼 낡아 보였지만 묘한 어울림이 매력적으로 다가왔다. 미래에서 돌아보는 과거 같다고 할까. 세비야에서는 뭔가 글쓰고 싶은 욕구가 강하게 일었다. 매일매일 아름다운 것들 속에 갇혀있다 보면 좋은 것을 생각하게 되고 좋은 것을 만들어 낼 수 있을 것 같은 기운이 느껴진다. 나는 골목을 걷다가 문득문득 빈 노트를 꺼내서 뭐라도 그리거나 쓰고 싶어져 자주 멈추었다.

**서로의 심장을
만질 수 있는 거리**

서울의 한강처럼 세비야를 가로지르는 아름다운 과달키비르 강을 따라 걷다 보면 자연스럽게 구시가지를 벗어난다.

그리고 우리에게도 낯익은 곳이 등장한다. 세비야에서 가장 볼만한 곳으로 여겨지는 스페인 광장이다. 배우 김태희가 붉은 드레스를 휘날리며 어느 통신사 광고를 찍었던 곳으로 유명하다. 우리나라 여행객들이 가장 먼저 찾아가는 곳이 이곳이 아닐까 한다.

아니발 곤잘레스라는 스페인 건축가가 설계한 이 광장에는 고고학 박물관과 풍습 박물관으로 사용되고 있는 건물이 있다. 정교한 타일이 화려하게 모자이크되어 있어 더욱 사랑스럽게 보인다. 이 건물은 들어서는 것만으로도 대접을 받는 기분이 들지도 모른다. 아니다. 타인으로부터 대접을 받는 것이 아니라 스스로 신분 상승하는 기분이 되어 우아해지거나 자꾸만 멋있어지려고 할지도 모른다. 잘 만들어지고 짜여진 공간은 확실히 눈을 움직이는 것보다 마음을 움직여 놓는 역할을 하기도 한다. 반달 모양으로 휘어진 거대한 건물 앞으로는 수로가 흐르고 사람들을 태운 보트가 유유자적 흘러간다. 정원에서 마차를 타는 사람들도 있는데, 그들을 보고 있노라면 그들 역시 과거로 흘러가 어느 귀족 가문의 누군가가 되어 있는 것을 상상하며 이 순간을 즐기고 있구나 하는 생각이 들었다.

나는 자주 이 광장에서 밤을 맞이했다. 낮에 왔지만 있다 보면 어느새 밤이 되었다. 그만큼 이곳이 좋았다. 건물 위로 휘영청 달이 뜨고 강에서부터 밀려오는 바람을 맞으며 산책을 하다 보면 내가 여행자라는 것을 자주 잊곤 했다.

이 정도의 마음으로 하루를 마무리하는 것도 좋지만, 당신이 세비야의 밤 속으로 더 깊이 들어가시면 좋겠다. 스페인 어디서나 플라멩코 공연을 볼 수는 있지만, 본고장이라 할 수 있는 세비야의 화려한 공연은 반드시 봐야 한다. 태양이 기울어지기 시작하는 시간부터 곳곳에서 펼쳐지는 플라멩코 공연은 밤이 깊어 갈수록 그 열기를 더한다. 골목골목마다 상주한 각 공연장에는 무용수를 비롯한 공연팀들이 나와서 짧은 시간 동안 거리공연을 펼치는데, 특히 대성당 근처에서 펼쳐지는 공연들이 인기가 좋다. 이들 공연은 일정이 바쁜 사람들의 발걸음을 묶는데도 한몫을 단단히 한다. 나는 아직도 플라멩코 춤 박물관의 공연을 잊을 수가 없다. 화려하면서도 애절한 교감의 시간이었다. 공연자들과 관객의 거리는 그야말로 서로의 심장을 만질 수 있는 거리에 있는 것 같았다. 플라멩코는 밤에 감상할 수 있는 가장 훌륭한 예술품이 아닐까 생각한다.

**걷기만 해도**
**사랑에 빠지게 되는 곳**

세비야의 골목을 걸어보시라. 쇼윈도마다 화려한 플라멩코

의상들이 걸려 있고, 어디서나 예리한 기타 연주와 집시들의 구성진 노래가 들린다. 이 모든 것들을 하루 만에 다 경험해도 좋을 것이며, 매일매일 같은 골목을 걸으며 반복해 경험해도 좋을 것이다. 단언컨대 아무리 반복해도 같지 않을 것이다. 그만큼 그 골목은 매일이 새롭다. 포근하고 즐거운 사람들의 표정, 같은 자리에 걸려 있는 간판들. 이 모든 것이 나날이 다르게 보인다. 온화하기만 한 날씨도 매일매일이 미묘하게 다르다. 어쩌면 이 모든 것이 하루라도 더 머물기 위한 변명처럼 느껴질지도 모르겠다. 그렇지만 아무려면 어떤가. 일생에 한 번쯤 내가 사랑하는 것들을 위해 변명하는 마음을 가진다는 건 애틋하고 소중한 일이다.

그런데 문제는 말이지, 이 변명이 아무래도 한 번으로는 부족할 것 같다는 것이다. 버스에서 만났던 그녀의 말처럼 세비야에서는 아무 방향으로 걷기만 해도 사랑에 빠지게 되는 곳이라 나는 자주자주 변명을 해야만 할 것 같다. 골목 어디에선가 그녀가 나타나 "이봐, 내 말이 맞지?"하며 커다랗게 웃을 것만 같은 곳, 그런 곳 세비야.


## 세비야의 골목골목 누비기 · · ·

세비야의 가장 큰 장점은 거의 모든 곳을 걸어서 다닐 수 있다는 것이다. 구시가지의 대성당 근처에 숙소를 정한다면 더 유리하다. 대성당을 중심으로 사방으로 퍼져있는 골목들을 걷다 보면 세비야의 거의 모든 것을 만나게 된다. 도착하자마자 가장 먼저 대성당과 히랄다 탑을 방문해 도시의 전경을 내려다보면서 방향을 익혀두는 것도 좋은 방법이다. 골목을 벗어나 상을 따라가서 만나는 황금의 탑이나 산 텔모 다리에서 보는 풍경을 추천한다. 세비야 대학 캠퍼스를 경험하는 것도 좋겠다. 세비야는 안달루시아 지방의 다양한 타파스(작은 접시에 담겨 나오는 음식)를 맛볼 수 있어 더 매력적인 곳이다. 어느 카페를 가더라도 저렴한 가격에 맛볼 수가 있다. 플라멩코 공연을 처음 관람하는 사람이라면 플라멩코 춤 박물관을 추천한다. 플라멩코의 정석을 보여주는 공연장으로 정평이 나 있다. 이곳을 먼저 경험하고 난 뒤 자신이 원하는 분위기의 공연장을 찾아가는 것도 좋은 방법이다. 국제버스를 타고 포르투갈로도 쉽게 갈 수 있으며, 스페인 어느 지역으로 가더라도 어렵지 않게 다양한 교통편을 이용할 수 있다.

돌이 들려주는

과거의 과거에 대한 이야기

앙코르 유적, 캄보디아　　　　　Angkor Ruins, Cambodia

Try To Find Me
INGER MARIE

많은 사람들이 권유를 할 때는 그만한 이유가 있는 것이다. 물론 그 선택의 선택마저도 자신이 선택하는 것이지만, 대부분의 사람들이 간곡히 권유하던 곳을 나는 이제야 걷는다. 마지못해 걷는 것이 아니라 미루고 미루었던 이유로, 조금은 미안한 마음으로 걷는다. 천천히 걷지만 마음은 조금 급했다. 모퉁이를 돌 때마다 그곳에서 누군가가 나를 기다리고 있는 것처럼, 호기심과 궁금함으로 자연스럽게 그렇게 됐다. 이곳은 고요한 과거의 도시, 동남아 최대의 고대도시 앙코르 와트이다. 이곳에서 과거의 과거를 걸으며 지금의 나를 본다.

**이토록 따뜻한**
**질감의 돌이라니**

동남아 여행을 많이 다녔지만 캄보디아의 시엠립 그리고 앙코르 유적은 처음이다. 많은 사람들이 열광하는 곳이라 오히려 나는 약간이나마 그리고 일부러나마 외면하고 있었던 것 같다. 동남아를 소개하는 영상이나 사진에서 가장 흔하게 발견되는 곳이었고, 주변의 많은 여행자들이 그 영상이나 사진들을 소개하듯 권유한 탓으로 가보지 않았지만 이미 다녀온 듯한 기분마저 들기도 했다. 그래도 많은 사람들이 그토록 가보길 권유하는 곳이니 언젠가 한 번쯤은 다녀와야지 하고 생각만 했는데, 결국 지금 숙제를 하러 온 듯한 기분으로 앙코르 유적을 여행하고 있다.

앙코르 유적군은 크메르 제국의 사원들이다. 시엠립 일대 300제곱킬로미터에 달하는 방대한 크기를 자랑한다. 여행자들은 그 규모에 일단 압도된다. 이 사원들 중 가장 크고 빛나는 역사적 가치를 지닌 곳이 바로 앙코르 와트다. 이 때문에 대부분의 사람들이 앙코르 유적을 이야기할 때 그냥 앙코르 와트라고 말한다. 사실 앙코르 와트는 앙코르 유적에 속한 하나의 사원일 뿐이다. 그러니까 "앙코르 와트 다녀왔어"라고 말하는 것은 앙코르 유적 전체를 보고 왔다는 것으로 이해하면 될 것이다.

하루 만에 앙코르 유적을 전부 둘러보는 것은 앙코르 와트가 인간의 힘으로 지어졌다는 것보다 더 불가사의한 일일지도 모른다. 크메르 제국의 몰락으로 밀림에 잠자고 있던 이 거대한 유적은 1850년대 후반 세상에 알려졌다. 일반인들이 이 유적에 발을 들여놓기 시작한 것은 이보다 훨씬 더 이후에나 가능했다. 1992년에 유네스코 세계문화유산으로 지정됐고, 지금은 하루에 몇천 명이 넘는 사람들을 불러들인다.

앙코르 와트 사원은 과연 어떤 곳일까. 시엠립 여행자의 거리 기념품 가게에서 가장 많이 눈에 띄는 사진은 붉은 일출 속에 검은 실루엣으로 당당하게 자신을 드러내고 있는 어느 사원의 사진이다. 이 사원이 바로 앙코르 와트인데, 이 장면 하나로 전 세계 사람들을 불러 모은다고 해도 과언이 아니다. 아마 캄보디아 국기보다 더 캄보디아를 대표할 수 있는 심벌 같은 것이 아닐까.

　전날 밤부터 피곤한 몸은 잠들 줄 몰랐다. 새벽 네 시에는 일어나야 여유롭게 그 장면을 볼 수 있기 때문이다. 동이 트기 전 검은 숲을 향해 뻗은 도로엔 관광객들을 태운 수많은 자동차와 오토바이 그리고 오토바이를 개조한 툭툭들이 반딧불처럼 날아들었다. 앙코르 와트 사원을 둘러싸고 있는 200미터 넓이의 해자를 건너면 성벽이 시작된다. 드문드문 연꽃이 띄워진 고요한 연못 같은 해자는 5.5킬로미터의 사원 성벽을 감싼다. 이때부터 돌의 위력을 본격적으로 실감하게 된다. 이곳의 모든 것은 돌로 이루어져 있다. 성곽을 지나 사원의 본당까지 이어지는 길에는 일출을 보기 위한 인파가 끊임없이 밀려들었다. 그 길이 끝나는 본당 앞 연못에 도착하면 이제 해가 뜨기를 기다리는 일만 남는다.

　세계 각국에서 모여든 이 많은 사람들은 모두가 한마음이다. 강렬한 붉은 해가 떠오르기를 바라고 있다. 하지만 아무리 많은 사람들이 바라고 바라지만 그것은 인간의 영역이 아니라는 것을 잘 안다. 중앙 성소에 우뚝 솟은 돌탑 뒤로 서서히 해가 떠오르면 사람들은 작은 탄식을 자아내거나 묵묵히 침묵한다. 술렁이는 마음을 애써 가눈다. 검고 차가운 돌의 기운을 붉게 물들이며 앙코르의 위대한 위용이 드러나기 시작하면 누구도 이 아름나움을 부정하지 못한다. 12세기 초에 지어진 건축물 뒤로 서서히 떠오르는 붉은 태양. 천 년이 넘도록 사원의 거대함을 비추는 태양. 사원은 비슈누에게 바치는 힌두 사원으로 지어졌다가 훗날 불교 사원으로 바뀌었다. 그래서 크게 3층으로 나눠진 사원 곳곳에 있는 유적이나 부조를 자세히 살펴보면 비슈누 동상에 부처의 얼굴이 붙어 있는 식의 전환이 이루어진 것들이 대부분이다.

이 사원 하나를 대충 감상하는데도 반나절이 짧다. 가장 좋았던 것은 1층 회랑을 둘러싸고 있는 사면의 벽면 부조였다. 한 면이 200미터가 넘는 벽면에 끊임없이 이어지는 이야기를 눈으로 듣는다. 너무나 사실적이고 회화적이라 놀랍다. 이토록 정교하고 방대한 크기의 부조는 본 적이 별로 없다. 분명 돌로 깎아서 만든 것이지만 붓으로 그린 듯 유려하고, 사진으로 찍은 듯한 섬세함이 감돈다. 사방의 회랑에 새겨진 수만 개의 표정 중 단 하나도 같은 것을 발견하지 못했다. 이 놀라운 일들이 많은 예술가들에 의해 마치 한 사람의 작품처럼 탄생한 것이다. 앙코르 와트뿐만 아니라 곳곳에 흩어진 대부분의 유적들도 마치 돌에 생명을 불어넣거나 어떠한 주술을 걸어 마법을 부린 것처럼 섬세한 것들이 많다.

사람들이 내게 꼭 가보라고 한 이유를 알겠다. 돌은 차가운 것이라 여겼지만 한없이 따뜻한 질감을 가지고 있다는 것도 느꼈다. 척박한 것들도 정성을 들이고 가꾸면 전혀 다른 이미지로 탄생할 수도 있다는 것도 깨닫게 됐다. 누구를 만나고 어떤 관계를 이루는지가 쓸모의 유한함을 더욱 풍요롭게 만든다는 것을 알게 됐다.

## 돌의 눈빛
### 돌의 표정, 돌의 미소

앙코르의 수많은 유적 중 앙코르 와트 사원만은 꼭 봐야 할 것이다. 지나친 비약인지는 모르겠으나, 한 달이 주어진다면 매일 매일 복습하듯 볼 것이며, 하루가 주어진다면 하루 종일 볼 것이다. 해가 뜨기 전 발을 들여놓았다가 부지런히 돌고 돌아 해가 중천에 떴지만, 다음 날을 다시 약속하고 사원을 나섰다. 이 밖에도 수많은 건축물들이 역사적 가치와 예술성을 자랑하며 많은 사람들에게 감동을 준다. 이 모두가 돌로 만든 것이다. 창문이나 창살도, 선명한 눈빛과 따뜻한 미소도, 보는 이를 두근거리게 만드는 생생한 표정도 전부

돌이다. 사흘 동안 따뜻하고 거대한 돌의 골목길에서 오래
된 누군가의 이야기를 들었다. 그래도 아쉽고 아쉬웠다. 욕
심이 자꾸 많아지고 있다는 것을 느꼈다. 이곳을 오고 간 많
은 사람들이 그랬듯이, 나도 누군가에게 이곳을 꼭 가보라
고 권유하게 될 것을 예감했다. 앙코르 와트를 본 적이 있냐
고. 그곳에서 해가 뜨고 지는 것을 보며 돌들의 찬란한 골목
을 거닐어 보시라고. 그 거대한 역사 속을 걸어 보시라고.

## 너무나 방대한 그러나 너무나 찬란한 앙코르 유적 　 • • •

유적의 입장료는 캄보디아 물가에 비해 비싸다. 전 세계
에서 손에 꼽힐 정도로 비싼 입장료이지만 그만큼 가치가
있다. 유적은 너무 방대해서 걸어 다니는 건 무리다. 툭툭
이나 차량을 대절하는 것이 낫다. 신중하게 자신이 보고
싶은 것을 인터넷을 통해 미리 공부한 다음 선택하는 것
이 좋겠다. 꼭 추천 드리고 싶은 곳은 가장 많은 사람들이
선호하는 앙코르 와트, 바욘·바푸온, 코끼리 테라스, 타
프롬, 쁘레아 칸 정도다. 앙코르 와트의 일출과 프놈 바켕
의 일몰도 좋은 추억이 될 것이다.

당신보다

반박자 앞서 가고 싶었던 시간

부에노스아이레스, 아르헨티나    Buenos Aires, Argentina

Por una Cabeza
CARLOS GARDEL

지금 살고 있는 나라를 제외하고 다른 한 곳에서 살 수 있다면 너는 어디에서 살래? 이런 유치한 질문을 자주 주고받는다. 나는 주저하지 않고 부에노스아이레스라고 말한다. 아르헨티나라고 말하지 않고 부에노스아이레스라고 말한다. 좋은 공기라는 뜻을 가진 부에노스아이레스의 공기는 그다지 좋지는 않지만, 진득한 삶의 냄새가 짙게 배어있는 골목들을 가지고 있다. 공기처럼 자유롭게 부에노스아이레스의 골목을 걸었던 그날들. 골목을 걸을 때마다 좋은 일이 일어났고, 그 시간을 떠올리면 등 뒤로 반도네온의 오묘한 소리가 흘러나오는 듯하다. 침을 삼키며 탱고에 집중하던 사람들의 열정적인 눈빛과 뜨거운 박수소리가 들리는 듯하다.

　과거엔 내가 선택할 수 없었던 것들이 지금은 선택이 가능한 세상이다. 상상만 하던 것들을 데리고 와 슬며시 현실에 앉혀보는 일도 가능하지 않을까. 부에노스아이레스에 잠시라도 살아보는 일 같은 것 말이다. 때로는 경쾌하게, 때로는 진중하게, 탱고처럼 살아보고 싶다.

**탱고 선율을 닮은**
**발걸음으로 걸었지**

노래도 못하지만 춤은 더 못 춘다. 나는 그렇다. 그래서 노래와 춤이 있는 곳에서는 언제나 눈치껏 맨 뒷자리로 피한다. 하지만 그만큼 크게 눈을 뜨고 바라보고 격렬한 박수를 보낸다. 나는 그렇다. 이 말을 선언하듯 먼저 하는 이유는 이곳에서는 어디에든 탱고가 있어서다. 태양이 무자비하게 쏟아지는 대낮의 골목에도, 와인에 취해 벌겋게 달아오른 얼굴을 알아보기 힘든 어두운 밤에도 어디서나 탱고 음악이 흐르고, 그럴 때면 모든 사람이 걸음을 멈추고 탱고를 둘러싼 장벽을 만든다. 이 열광의 장벽 안을 혼신의 힘을 다해 맴도는 탱고 선율. 음악과 춤이 가장 흔한 일상이 되는 곳이 있다니 그저 놀라울 따름이다.

부에노스아이레스에 도착한다면 가장 먼저 걸어야 할 골목이 산 텔모 지역이 아닐까 한다. 아무리 시간이 없더라도 절대 이곳을 지나쳐서는 안 된다. 그때가 운 좋게도 마침 일요일이어서, 일요시장이 열리는 데펜사 거리부터 시작할 수 있다면 더 없이 행운이다. 오월의 광장에서 출발하는 이 자유로운 거리는 식민지 시절 부유층들이 살았다는 이유만으로도 우아하고 기품 있는 건물들이 가득하다. 그리고 이 건물들을 구경하느라 자주 발걸음을 멈추게 된다.

이 골목에는 오래된 골동품을 파는 가게들이 즐비하고 골목 곳곳에는 각종 이벤트가 열린다. 그 곁에 주저앉아 와인을 마시거나 노래를 흥얼거려도 그 누구도 뭐라 하지 않는다. 당신이 부에노스아이레스에 갔다면 아마도 이 거리에서 처음 탱고를 만나게 될지도 모른다. 이곳뿐만 아니라 산 텔모 지역에서 파생되는 골목의 어느 방향으로 가더라도 길거리 탱고 공연은 쉽게 만날 수 있다. 나는 데펜사 거리 중간에 나타나는 도레고 광장에서 생애 첫 탱고 공연을 봤다. 현란한 기교의 춤사위보다 더 시각적이던 음악은 평생을 숨어 지내기로 마음먹은 사람도 끌고 나올 정도로 힘이 있었다. 이것이 바로 탱고 선율만이 가진 매력 아니겠는가.

탱고에는 19세기 이민자들의 이야기가 담겨 있다. 그들은 애써 말하지 않고 움직임으로 이야기를 들려준다. 그 움직임은 때로는 한처럼 진득하고 때로는 애착처럼 끈끈하다. 때로는 고민처럼 망설이기도 한다. 여기, 이 바다 근처의 술집과 사창가에서 태어난 춤은 오로지 이곳에서 목격해야 그 춤을 가장 잘 이해하고, 진실로 사랑할 수가 있다. 거리에서 탱고의 매력에 빠졌다면 밤의 클럽이나 밀롱가에서 더 근사한 탱고를 반드시 확인하고 싶어질 것이다. 산 텔모 지역에는 젊은 콘셉트의 현대 미술작품을 전시하는 모던 아트뮤지엄과 아르헨티나의 역사를 고스란히 전시하고 있는 역사박물관이 있는데, 미술관에 있어도 박물관에 있어도 창 너머로 펼쳐지는 거리 공연에 자꾸만 눈길이 가는 건 여행자라면 어쩔 수 없다. 탱고는 이토록 중독성이 강하다는 말이다.


이 도시를
**진정으로 사랑하는 사람만이 할 수 있는**


역사박물관이 있는 레시마 공원에서 바로 이어지는 거리가 라보까 지역이다. 이 지역의 상징 까미니또 골목은 그 자체가 한 뼘도 남기지 않고 모든 곳이 작품이라고 말해도 지나치지 않다. 내 눈에는 그랬다. 형형색색의 페인트로 채색된 낡은 건물들은 그 값어치를 떠나 예술적 깊이를 간직하고 있었다. 데펜사 거리와는 달리 가난한 노동자들이 거주했던 이 골목은 항구에서 쓰다 남은 페인트를 얻어와 칠하기 시작하면서 골목 자체가 거대한 스케치북이 되었다.

   세상의 모든 색들이 몰려든 이 골목은 현란하게 반짝거린다. 2층 난간에서 손을 흔드는 조각품도, 고양이가 낮잠을 자는 담벼락도 모두가 예술품 같다. 하지만 심각하지 않은 작품이다. 까미니또 골목에 들어서면서부터 내 몸의 우울은 다 빠져나가고 마음은 알록달록한 캔버스 위를 걷듯 경쾌해진다. 걷다가 지치면 아무 카페에나 들어가 앉아서 차를 마신다. 그러고 있노라면 또 길거리 공연의 맨 앞자리에 앉은 듯 내 눈앞에는 자연스럽게 공연이 펼쳐지곤 했다. 이 골목에는 아무런 고민도 없고, 평생 험한 일 한번 겪어

보지 못한 사람들이 사는 것만 같았다.

　첫날을 이런 식으로 황홀하게 보내다 보면 어느새 기대는 더욱 커지기 마련. 다음 날부터는 솔직히 어느 지역을 가더라도 상관이 없다. 처음 걸었던 산텔모 지역의 반대편으로 방향을 잡으면 이 도시의 가장 번화한 플로리다 거리가 있는 센트로다. 여기서 레콜레타와 팔레르모 지역으로 이어진다. 레콜레타에는 여성 운동가 에바 페론이 잠든 묘지가 있다. 에비타Evita로 불리던 그녀의 영화적 삶과 헌신을 기리기 위해 이 시간에도 묘지 앞에는 붉은 장미가 놓여 있을 것이다. 1800년대 정원을 개조해 조성한 묘지는 저명인사들이 안치되어 있는데, 묘지들이 저마다 다른 형식으로 지어져 마치 죽은 자를 위한 거대한 도시처럼 보인다. 이 지역에는 국립미술관을 비롯해 아르헨티나의 건축과 예술을 가늠해 볼 수 있는 미술관들이 늘어서 있다. 이 중에서 꼭 가봐야 할 곳은 엘 아테네오 서점이다. 최초로 유성영화가 상영되었던 거대한 오페라 극장을 개조해서 만든 서점이다. 정말이지 박수를 보내지 않을 수 없는 곳이다. 객석은 수많은 서적이 진열되어 있는 책장이며, 한때 공연이 이루어졌던 무대는 차를 마시며 책을 읽을 수 있는 카페로 변신했다. 사람들은 그 옛날 망원경을 쓰고 공연을 내려다보던 테라스에 앉아 책을 읽는다. 낡은 것은 무조건 허물고

회색빛 신식 건물 올리기에만 혈안이 된 어느 도시는 도저히 흉내 낼 수 없는 마음과 아이디어다. 진정으로 이 도시를 사랑하는 사람이 아니라면 할 수 없는 일이다.

부에노스아이레스라는 도시는 하나의 색깔로만 이루어져 있지 않다. 여러 가지 느낌과 분위기가 한데 어울려 좋은 공기를 만들어 내고 있다. 가장 화려한 것과 가장 평범한 것들이 한군데로 몰려 와 탱고 춤사위처럼 빈틈없는 동작을 만들어 내고 있다. 나는 그 속을 걷는다.

탱고
한 번 추실까요?

정식 탱고 공연 무대에 오르기 위해서는 한 곡의 춤사위를 몇 년 동안 연습해야 한다고 누군가 말했다. 부에노스아이레스의 역사 역시 이렇게 만들어진 것이 아닐까. 어느 것 하나 허투루 외면하지 않고 작은 것까지 존중하며 긴 세월 만들어 온 것이 아닐까. 이런 도시라면 내 마음도 변하지 않고 얼마든지 사랑할 수 있겠다. 나는 아르헨티나가 욕심 나는 게 아니라 부에노스아이레스가 욕심나는 것이다. 아르헨티나 안에 부에노스아이레스가 있는 것이 아니라, 부에노스아이레스 안에 아르헨티나가 존재하는 것일지도 모른다. 걸어보시라, 그 골목들을. 당신도 나처럼 흥분하며 공연장 맨 뒷자리에서 박수를 치다가 끝내 슬금슬금 앞으로 나올 수밖에 없을 것이다.

　나는 상상한다. 오래된 골목 어디쯤에서 당신을 다시 만나 "탱고 한 번 추지 않을래요?" 하고 미처 하지 못했던 말을 꺼내는 그날을. 좋은 것을 좋다고 말하지 못하고, 고마운 것을 고맙다 말하지 못해 늘 당신의 뒤편에 서성거리던 그 마음을 불쑥 내보이는 그날을. 탱고는 나를 대담하게도 만드는 것 같다. 이제 당신과 마주 보고, 혹은 당신과 나란히 앉아 박수치고 웃고 싶다. 당신의 반 박자 앞에 내가 있고 싶다. 마치 탱고처럼 말이다. 탱고의 자신만만한 리듬처럼 말이다. 그러니 그대, 한 번쯤 그곳에 있었으면 좋겠다.


## 부에노스아이레스 예찬　　　　　　　　　• • •

적어도 5일은 잡아야 대략이라도 이 도시를 마음에라도 담을 수 있지 않을까 싶다. 오월의 광장을 중심으로 센트로 지역(대통령궁, 대성당, 근현대사박물관 비센테나리오, 콜론 극장, 국회의사당, 67미터 높이의 오벨리스크 등)부터 시작해도 좋지만, 어디든 상관없다. 숙소 역시 어느 지역이라도 예산에 맞춰 정할 수 있다. 교통도 불편하지 않은 도시다. 152번 버스만 잘 이용해도 어지간한 볼거리는 만날 수 있다. 유명 탱고 공연을 보기 위해서는 숙소에 부탁하거나 인터넷을 통해 미리 예매를 하는 것이 좋다. 특히 왕가위 감독의 영화 〈해피투게더〉의 배경이 되었던 바 수르Bar Sur는 아주 가까운 거리에서 탱고의 호흡을 직접 느낄 수 있는 곳. 그만큼 예매가 치열하다는 것도 알아두자. 대형 공연장과 작은 바에서 이루어지는 공연을 전부 경험하시라고 권하고 싶다. 소고기와 와인은 굳이 따로 언급하지 않아도 되리라.

내 푸른

젊은 날의 한때를 걸었던 곳

셰프샤우엔, 모로코　　　Chefchaouen, Morocco

I've Never Been To Me
CHARLENE

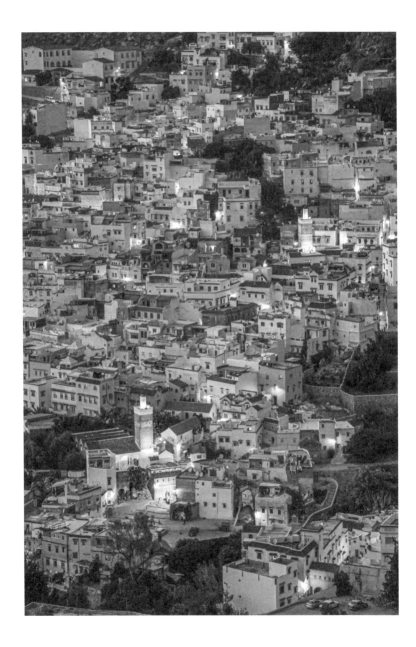

여름이 오고 있는데 왜 바다가 생각나지 않고 깊은 산중의 풍경이 파도처럼 밀려드는 것일까. 분명 산속의 작은 마을인데 왜 내게는 깊은 바다의 기억으로 출렁거릴까. 추억이란 때로 현실을 부정하거나 왜곡하기도 하지만 이건 부정도 아니고 왜곡도 아닌 엄연한 사실이다. 나는 다만 파란 골목을 걷는 동안 착각을 한 것뿐이다.

한 번 각인된 풍경은 깊은 바닷속의 일처럼 좀처럼 바뀌지 않았다. 그런 추억이라면 그것도 괜찮겠다. 여행이 주는 선물로 받아들이면 좋을 일이다. 그날 눈 앞에 펼쳐지던 파란 골목들이 마음속 깊이 푸른 물길을 내고 있다. 한 번쯤, 나를 믿어주는 착한 친구들을 지중해처럼 푸른 바다로 가자며 그 산속으로 데려가고 싶어진다.

**나는 물고기처럼**
**이 푸른 골목을 걸어**

아프리카 대륙의 가장 북쪽 모로코. 모로코에서도 북쪽에 자리한 셰프샤우엔은 리프 산맥의 언저리에 파란 점처럼 찍혀 있다. 도시라고 부르기엔 조금은 겸연쩍은 크기의 산중마을이다. 이 작은 마을에 여행자들이 몰려드는 이유는 마을 전체가 온통 파랗게 물들어 있기 때문이다. 물론 회벽에 파란 페인트를 칠한 것이지만, 한두 집이 아니라, 집의 일부분이 아니라 골목까지도 온통 파란색으로 치장을 하고 있다. 간혹 하얀 회벽의 집들이 그대로 드러나는데, 이 풍경은 오히려 푸른 파도의 하얀 포말처럼 느껴져 더욱 청량감을 더한다.

어느 계절에 가더라도 언제나 바다처럼 푸른 마을. 만약 아주 높은 창공에서 내려다본다면 산중의 호수로 착각할 수도 있겠다. 셰프샤우엔이라는 이름은 마을 뒤로 삐죽하게 솟아난 두 개의 산봉우리에서 왔다. 베르베르어로 '뿔들을 보라'라는 뜻이라고 한다. 그래서일까, 골목에서 만난 아이들은 어린 염소의 뿔처럼 철없고 맹랑했다. 노인들은 뿔처럼 뾰족한 모자가 달린 전통의상 젤라바를 입고서 파란 골목을 오갔다. 그들의 모습은 요정처럼 보이기도 했다.

이 마을이 처음부터 파란색을 입었던 것은 아니다. 스페인의 남부 그라나다에서 기독교인들의 박해를 빋던 무슬림과 유대인들이 이곳으로 건너왔는데, 정착 초기에는 유럽에서 흔히 볼 수 있는 하얀 회벽에 붉은 지붕의 집들이었다. 그러다가 1930년대에 본격적으로 유대인 이주자들이 들어왔고, 그때부터 조금식 푸르게 칠해지기 시작해 지금은 온통 푸른색으로 칠해져 세상의 많은 사람들을 불러 모으고 있다.

모로코 북쪽의 항구도시 탕헤르Tangier에서 버스를 타고 두어 시간이면 이 산중의 바다에 도착한다. 싱그러운 숲이 우거진 산길을 구불구불 돌아 도착한 마을. 산비탈에는 온통 파란 집들이 깨끗한 물방울처럼 빤짝인다. 작은 물방울 하나가 모여서 거대한 바다를 이루듯 집 한 채 한 채가 모여 푸른 마을을 만들었다. 마을에 들어서면서부터 바닷속을 걷는 것 같은 기분이 든다. 혹자는 하늘처럼 푸르다고도 표현하지만 아무래도 산속에서는 하늘보다 바다가 더 귀한 것이라 나는 바다라고 말하고 싶어졌다. 지중해의 어느 섬에서나 볼 법한 파란색 집들이 군락을 이루고 있으니 방금 지나온 마을 바깥의 풍경이 오히려 낯설게 느껴진다.

여행자들이 도착하면 가장 먼저 하는 일이 골목 산책이다. 세상에서 가장 푸른 골목을 걷는 산책. 사람들이 일을 하러 나간 한낮에는 낯선 여행자들이 주인이 되어 골목을 걷는다. 그들은 푸른 바닷속을 유영하는 물고기 같다. 걷다가, 아니 헤엄치다가 문득 멈추어 하늘을 올려다보면 역시 파랗다. 골목 끝으로 열린 하늘도, 머리 위의 하늘도 모두가 파란색이니 여행자들의 걸음이 형형색색의 열대어처럼 경쾌하기만 하다. 하루 종일 이 마음으로 이 골목 저 골목을 뒤지고 다닌다.

그들은 이 골목 속에서 마음 한구석이 멍들 것이다. 아파서 그런 게 아니라 아름다운 푸른색으로 멍들 것이다. 그곳에 도착해 그곳을 걷는, 그곳을 헤엄치는 누구든 그럴 것이다.

　크기로만 따지자면 셰프샤우엔은 아무리 천천히 돌아다녀 봐도 반나절이면 다 볼 수 있을 정도로 작다. 성격이 급한 사람들은 그냥 골목 한 번 휙 둘러보고서 사진 몇 장을 남기고 사라지거나 서둘러 식사를 하고 기념품 몇 개를 챙겨서 다음 도시로 이동을 한다. 그들은 파란색 골목 이외엔 별 관심이 없는 듯 보인다. 마을의 중심 우타엘 하맘 광장 주변으로 이슬람 사원을 비롯해 몇몇 볼거리가 있긴 하지만, 대부분의 여행자들은 파란 골목을 보러 왔으니 골목이 끝나면 여행이 끝나는 것이라 여기며 오래 머무르지 않는다. 그런 여행자들도 있지만 이 산속의 바다에 빠져 오래도록 허우적거리는 여행자들 또한 많다. 아마도 이곳은 모로코에서 가장 평화롭게 여행할 수 있는 곳이리라. 아우성을 치며 달라붙는 호객꾼도 없고 거짓말을 해 피곤하게 만드는 장사치도 없다.

　너무나 투명한 블루. 이곳에 오래 머문 여행자들은 이 파랑에 매료되어 날마다 자신만이 알고 있는 파란색에 대해서 말하거나, 조용히 파랑을 바라보며 차를 마시는 일만으로도 하루가 짧다는 것을 안다. 이곳에서 자신을 잠시 싱그럽고 파랗게 적셔 놓을 여유를 가진다. 아침에 눈을 떠 잠이 들기까지 우리는 헤아릴 수 없는 많은 정보 속에서 다양한 색들을 발견하며 사느라 꿈속에서마저 바쁘지 않은가. 지금의 가장 푸른 젊음을 외면한 채 현란한 색만을 쫓아가다 겨우 하루가 끝나는 삶. 이곳 산중의 바다를 천천히 헤엄치며 산책하는 일은 이곳에 아무리 오래 머문다고 하더라도 인생으로 치자면 아주 짧은 순간일 것이다.

그러니 천천히 걷자. 여유롭게 걷자. 나를 위해서 그렇게 하자. 골목이 끝나는 곳, 잠시 푸른 벽에 등을 기대고 앉아 내가 걸어온 물속 같은 깊은 골목을 천천히 바라보자. 그러노라면 등 뒤로 어떤 잔잔함이 스며들 것이다. 그 잔잔함이 가져오는 느낌을 기억하자. 그렇게 천천히 대낮의 골목을 산책하다가 해가 지면 언덕으로 가자. 그곳에 스페니쉬 모스크가 있는데 마을 전체를 가장 잘 볼 수 있는 곳이다. 작은 냇가를 지나 오르막을 오르면 아담하게 자리 잡은 하얀색 모스크가 나타난다. 바다 위 등대처럼 우뚝한 이곳에서 바라보는 마을은 흰색과 푸른색이 어우러진 맑은 그림 같다. 풍경은 누군가 점묘법으로 그린 그림처럼 정성스럽다.

**나는 청춘의 방향으로
헤엄친다**

나는 날마다 그 언덕에서 해가 지기를 기다렸다. 이상하게도 푸른 마을은 해가 지면 붉게 물드는 것이 아니라 더욱 짙은 인디고블루가 된다. 파랑이 젊음이라면, 낮이 청춘이라면, 기울어 가는 밤은 아마도 중년이 아닐까. 그렇다면 조금은 그윽한 빛으로 깊어져야 할 텐데 더욱 짙고 푸르러진다. 조금은 이상하고 조금은 희한한 풍경이다. 이곳의 청춘은 끝없고 강렬한 것일까. 아마도 이 마을은 먼 미래에도 오늘처럼 계속 젊어 있을 것이다.

부탁하고 싶다. 아무리 급하고 시간이 부족하다고 해도 이 산중의 바다에서 낮과 밤의 푸른 풍경들을 온전히 하루 이상은 즐겨보시기를. 세상의 모든 파랑과 그 파랑에 뒤지지 않는 당신의 가장 젊은 순간을 만나 보시기를. 나 역시 다시 한번 그곳으로 가서 가장 젊었던 나를 만나 그 골목을 다시 걷고 싶다. 푸른 그 골목처럼 싱싱한 기억으로 살 수 있다면 좋겠다. 아직도 나는 여름이 오면 바다보다 산중의 파란 골목이 더욱 자주 생각난다.


산중 도시 셰프샤우엔에 관하여　　　　　　• • •

주변 대도시에서 버스나 택시를 이용해 가는 방법이 가장 흔하다. 유명세 덕분에 차편은 부족하지 않다. 대부분의 숙소는 메디나 안쪽에 몰려있는데, 되도록 모로코 전통 방식의 숙소를 경험해 볼 것을 권한다. 기념품 가게에는 직물로 만든 다양한 제품과 카펫 같은 수공예 특산품을 팔지만 다른 지역에 비해 그다지 특별한 것은 없다. 겨울철만 아니라면 좋은 날씨가 이어진다. 매주 월요일과 목요일에 전통 복장을 한 소수 민족의 장이 열리는데 꼭 보시라고 권해드린다. 성수기에는 며칠 전 버스 티켓을 예매해 두는 것이 좋다. 높은 값을 치르고도 낡은 택시마저 구하기 힘들 때가 있다.

모든 것에서 멀어지기

그만큼 다시 가까워지기

우수아이아, 아르헨티나　　　Ushuaia, Argentina

아카시아
이은미

지구의 끝이 아니라 세상의 끝이라고 말하는 곳이 있다. 그 말은 지구의 끝이라는 말보다 더욱 절박하게 들리고 조금은 암울하게 읽히기도 한다. 하지만 어떤 신비로움도 깃들어 있어 나는 오래도록 그곳에 대한 궁금함을 지니고 있었다. 태어나서 죽는 순간까지 우리가 만나는 모든 것에는 시작이 있고 끝이 있다. 나는 세상의 끝을 한 번쯤 내 눈으로 직접 확인하고 두 발로 디뎌보고 싶었다.

세상의 끝. 그곳은 아르헨티나의 남쪽, 더 이상 이어질 땅이 없는 곳에 자리한다. 비탈진 만년설 아래로 넝쿨처럼 얽힌 골목에서 나는 지금 땅이 끝나는 지점을 보고 있다. 검은 구름들이 바람에 바삐 밀리며 움직이고 그 아래에서 바다는 끝없이 일렁인다. 세상 끝의 골목에 걸려 있는 아득한 풍경들. 당신도 어쩌면 멀고 먼 지구의 반대편으로 달려가고 있는지도 모르겠다. 마음이 먼저 가면 결국 몸도 닿게된다. 삶을 통해 나는 그 사실을 배웠다. 끝이라는 말이 이토록 절실할 줄이야.

실망도 희망도
끝내는 내가 책임져야 할

누군가는 그곳까지 가는 건 너무 피곤한 일이라며 만류했다. 세상의 끝이라는 것 이외에 다른 의미는 없을 거야. 그는 이렇게 말했다. 단지 세상 끝에 있는 작은 시골 마을일 뿐이야. 사람들이 그렇게 말할수록 마음은 이미 세상 끝에 서 있었다. 어떻게 가야 할까. 비행기로 날아가는 방법이 있었지만 날씨 때문에 결항이 잦았다. 정확히 떠날 수 있는 날을 알 수가 없었다. 버스를 탈 수밖에 없는 상황이었다. 사실 짧은 비행으로 세상의 끝에 닿기는 싫다는 마음도 어느 정도는 있었다. 세상의 끝인 만큼 그에 걸맞은 노력을 들이고 싶었다.

엘 칼라파테El Calafate에서 출발한 버스는 아르헨티나를 잠시 벗어났다가 칠레로 접어들었다가 다시 국경을 넘어 아르헨티나로 갔다. 그렇게 스물두 시간을 버스에 시달린 끝에야 나는 겨우 내릴 수 있었다. 아니, 내릴 수밖에 없었다. 버스는 더 이상 남쪽으로 나아가지 못했다. 나아갈 길이 없었기 때문이다. 버스가 멈춘 곳, 그곳이 땅의 끝이었다. 스산한 밤바다 소리가 세상을 오래 경험한 사람의 목소리처럼 들려왔다. 하지만 그 소리는 두렵지 않았다. 내 의지로 흘러와 닿은 땅끝의 밤은 덤덤하기만 했다.

고개를 들면 티에라 푸에고 국립공원의 설산이 땅끝 전체를 지휘하듯 장쾌하게 펼쳐지고 있었다. 드문드문 빗방울이 날리던 작은 마을은 내가 살던 세상의 반대편에 존재하고 있었다. 나는 모든 것에서 가장 멀어졌다는 생각이 들었다. 계절도 공기도 시간도 모든 것이 반대로 흘러가는 곳. 밤은 사무치게 추웠고 사람들은 두꺼운 옷으로 무장한 채 과묵하게 서 있었다. 내가 떠나온 곳은 여름이었지만, 내가 서 있는 곳은 겨울이었다.

낯선 첫날 밤을 지내고 맞은 아침. 전날 밤의 어색함은 온데간데없다. 창 너머 가느다란 골목이 나 있었고, 골목은 세상의 마지막 부분을 향해 희미하게 이어지고 있었다. 그리고 골목이 끝나는 곳에 바다가 있었다. 어쩌면 그 지점에서 바다는 다시 시작되고 다음 세계로 이어질 수도 있을지 모른다는 멍청한 생각도 잠시 했다. 공기는 계절과 상관없이 청정했다. 이것이 세상 끝에서나 가능한 청량감일까. 그날 아침 공기의 감촉을 나는 아직도 이렇게 기억하고 있다. 청량한 공기를 가슴 속으로 잔뜩 밀어 넣으며 나를 만류하던 자들의 얼굴을 떠올렸다. 그러고는 여행이란 직접 확인하는 데 의미가 있다는 것을 다시 한 번 절실하게 느꼈다. 누구의 권유도 만류도 내가 경험한 여행의 데이터를 이길 수는 없다. 나는 실망도, 희망도 내가 책임져야 할 것이라는 마음으로 세상 끝으로 난 골목을 걷는다.


이곳은 최남단에 존재하는 땅이라는 지리적 특수성 또는 남극으로 가기 위한 관문이라는 목적성을 제외하더라도 인내심을 가지고 한 번쯤 와야 할 이유가 충분히 있는 곳이다. 사방 어디를 둘러보아도 바다가 풍경의 절반 이상을 차지한다. 바다와 마주한 설산의 장엄한 풍경도 환상적이다. 산 아래로 낮게 펼쳐지는 유럽풍의 아름다운 집들의 군락은 한 폭의 그림처럼 보인다. 세상 끝 추운 여름에 이토록 따뜻한 그림이 걸려있을 줄이야.

젊은 여행자들은 몇 날 며칠 동안 국립공원으로 트레킹을 떠난다. 힘들고 고생스럽기는 하지만 그들의 가슴에 새겨지는 환상적인 풍경은 그 수고의 백배를 보상해 주고도 남아서, 몇 번이고 이곳에 다시 트레킹을 하러 오는 사람들도 많다고 한다. 트레킹을 하지 않는 사람들은 항구에서 보트를 타고 비글 해협에 있는 작은 섬으로 간다. 1998년에 개봉한 왕가위 감독의 영화 〈해피 투게더〉에 나왔던 붉은 등대를 보기 위해서다. 원래는 바다사자와 가마우지로 유명한 섬이지만 왕가위 감독 덕분에 등대가 더 유명해져 버렸고, 이젠 우수아이아의 상징이 되었다. 실제로 내가 간 식당 주인은 세상 끝 등대는 다녀왔냐고 묻기도 했다.

세상 끝 식당의 주인과 인사를 나눈 뒤 마을 안쪽으로 걸어가다가 독특한 박물관 하나를 만났다. 줄무늬 죄수복을 입은 사내의 벽화가 눈길을 끄는 곳이어서 그냥 지나칠 수가 없었다. 마르티모 박물관이었는데, 1920년 감옥으로 지어졌다가 해군 병원으로 사용되기도 했다. 지금은 세상의 모든 감옥에 관한 다양한 전시물을 갖추고 방문객을 맞이하고 있다. 실제로 예전 감옥 그대로 보존된 건물에 들어가 감옥 체험을 해볼 수도 있다. 세상 끝에 와서 잠시 그곳에 갇혀보는 것도 나쁘지 않겠다 하는 마음이 들기도 했다. 잠시 동안의 감금을 자처해 자신도 알지 못하는 세상의 죗값을 치른다면 좋지 않겠는가. 그렇다면 나는 얼마나 오랜 시간 갇혀야 할까? 설령 잠시 갇혔다가 풀려난다고 해도 세상 끝의 일은 나만 아는 일이니 상관없지 않겠는가. 그러니 세상 끝에서 잠시 스스로를 용서하는 시간을 가지는 것도 나쁘지 않겠다. 이 밖에도 이곳 역사가 고스란히 설명된 세상 끝의 박물관과 남부 아르헨티나에 거주했던 야마나족의 원시 문명을 소개한 야마나 박물관도 둘러볼 수 있다.

## 끝, 등을 돌리면
## 다시 시작인 것을

이곳을 찾는 사람들은 자신이 딛고 있는 땅이 세상의 끝이라는 것에 가장 큰 의미를 둔다. 이곳에 존재하는 모든 것은 세상의 제일 끝에 매달린 것들이다. 사람도 집도 차도 카페도 구멍가게도 당신마저도 모두가 세상 끝의 존재들이다. 허나, 모든 관계와 존재의 끝이 이곳의 풍경만큼 아름답게 끝이 난다면 그것보다 좋은 삶이 있을까. 산으로 트레킹을 간 청년은 사랑하던 사람으로부터 받은 상처를 잊기 위해 오래도록 설산을 걸었다고 했다. 하던 일에 대한 고민을 안고 왔다는 젊고 발랄한 어느 여학생은 세상의 가장 마지막 부분에 있는 등대를 보러 갔다. 이곳에 온 한 사람 한 사람이 저마다 마음속 깊이 품고 온 사연을 이곳에 풀어놓는다. 어쩌면 그들의 간절한 질문과 고민과 슬픔과 상처와 분노가 쌓여 이처럼 거대한 설산을 이루었는지도 모른다.

이곳에 온 그 마음들은 결코 절망이 아닐 것이다. 끝에 와서 자신의 가장 아픈 부분을 부러뜨리고 잘라내는 것. 두고 또 버리고 가고 싶은 것이 있다면, 두고 가고 버리고 가자. 나만 아는, 나의 끝에 위태롭게 매달려 있는 것들을 대륙의 맨 끄트머리에 놓고 가자. 그리고 돌아서서 새롭게 시작하면 된다. 세상 끝에 우뚝 선 산도, 세상 끝을 향해 펼쳐진 바다에서 서 있는 붉은 등대도 등을 돌리면 모든 풍경과 새롭게 마주하는 셈이다. 또 다른 시작인 것이다. 이 둥근 지구에 끝이 어디 있겠는가. 내가 서 있는 모든 곳이 끝이 되기도 하고 시작점이 될 수도 있다. 사람들이 이곳을 세상의 끝이라 부르는 것은 여기까지 온 그들의 마음이 너무나 소중하고 간절하기 때문일 것이다.

마지막은 언제나 한 번이다. 그래서 마지막은 가장 귀한 것으로 남아야 한다. 그것을 알라고, 이 작은 마을은 세상의 모든 사람들을 부르는 것이다. 이곳은 버리는 곳이 아니라 어루만지는 장소다. 너에겐 내가 마지막 사람이길 바라기 때문에 나는 너를 어루만지는 것이다. 내가 행하는 모든 일이 늘 마지막이길 바라서 나는 이토록 진지한 눈빛으로 행하는 것이다.

세상의 끝에 펼쳐진 바다에서 다시 등을 돌려 골목을 걷는다. 내가 걸어왔던 길, 그 길의 어느 소홀했던 부분들을 생각하며 다시 걷는다. 조금 더 꼼꼼한 걸음으로, 조금 더 소중한 마음으로 그 골목을 처음처럼 걸어 본다. 그대여 우리 함께 걷자. 날마다 세상 끝의 골목을 걷듯 지금을 걷자.

## 세상 끝에 가시거든                          • • •

우수아이아까지 가는 길은 국내선 비행기를 이용하면 가장 쉽다. 하지만 날씨에 따라서 결항이 잦으므로 자주 확인해야 한다. 시간이 오래 걸리지만 버스를 이용해 칠레 남부나 아르헨티나의 다른 지역으로 이동한다면 환상적인 풍경을 덤으로 챙길 수가 있다. 국립공원 트레킹과 비글해협 보트 투어 모두 시내의 여행사에서 친절하게 안내받을 수 있다. 물론 여유를 두고 알아보는 것이 좋다. 체류 시간이 길지 않은 사람은 트레킹보다 마르티알 빙하 산책 정도의 프로그램에 참여하는 것이 낫다. 항구 근처에 '100

년 카페'라고 불리는 곳이 있다. 그곳에 방문하면 우수아이아의 오랜 분위기를 만끽할 수 있다. 음식도 비교적 괜찮은 편이다. 시내의 인포메이션 센터에 비치된 세상의 끝 방문 기념 도장을 기념으로 찍어 가는 사람도 많다.

당신이
능히 닿을 수 있는 천국

마추픽추, 페루　　　　　　　　Machu Picchu, Peru

Always Remember Us This Way
LAUREN SPENCER-SMITH

하늘을 올려다본다. 구름이 아름답게 펼쳐진 저녁이나 구름 한 점 없이 파랗게 펼쳐진 낮에도 자주 하늘을 본다. 내가 딛고 있는 이곳 지상에서 가장 먼 곳을 바라본다. 바라보고 있으면 그곳에 이미 닿아 있을 때가 많다. 나도 모르게 문득 하늘을 올려다보는 순간이 잦아지면 어디론가 떠나고 싶다는 것이다. 그렇다, 현실의 세계를 벗어날 수는 없지만 간혹 이곳이 아닌 어딘가에 나를 부려 놓고 새로운 마음이 되고 싶을 때, 혹은 익숙해서 너무나 익숙해서 잠시라도 내 생각과 마음을 환기할 수 있는 곳을 찾고 싶을 때 나는 하늘을 올려다 보며 내가 가게 될 곳을 상상한다.

늘 상상의 풍경을 떠올릴 때마다 바라보던 하늘. 그 하늘 아래 우두커니 말 없이 존재하던 신비의 도시. 오늘도 누군가는 나처럼 해질녘 퇴근길의 만원 버스 안에서 먼 하늘을 바라보고 있겠지. 그도 언젠가는 구름 위에 펼쳐진 골목 끝에서 또 다른 하늘을 바라보고 있겠지.

## 신의 손길 속에 자리한
## 인간의 흔적

하늘과 맞닿은 곳. 때로는 구름보다 높은 곳에 존재하는 곳. 거기에 신비의 도시가 있었다. 분명 존재하고 있었지만 오랜 시간 동안 발견되지 않고 숨어있던 곳 마추픽추. 수백 년 동안 잠자고 있던 잉카의 신비로운 도시 마추픽추는 1911년 미국의 탐험가이자 예일대 고고학자인 하이럼 빙엄이 그 존재를 알렸다. 물론 그 이전에도 누군가가 먼저 다녀갔다는 식의 논쟁은 있다.

마추픽추는 그 존재가 본격적으로 알려지기 시작한 그때부터 지금까지, 변함없이 신비의 도시 1순위로 꼽히고 있다. 해발 2,400미터의 산중에 아스라이 올라앉은 잉카 시대의 이 마을에 여행자들은 비밀스러운 신자처럼 모여든다. 마치 현실에서 천국으로 들어가듯 말이다.


"오늘은 갈 수 있나요?" 하고 묻는 내게 숙소 주인은 자신도 알 수 없다며 빙긋이 웃었다. 그때마다 실망의 한숨을 깊게 쉬던 내게 그래도 한 번 더 알아보고 오겠다고 대답하던 종업원은 나보다 훨씬 점잖고 어른스러웠다. 그 때문에 나는 말 잘 듣는 학생처럼 그가 출발일을 일러주기만 얌전히 기다리는 수밖에 없었다.

오랜 시간 동안 내 상상의 어디쯤 커다랗게 자리 잡고 있던 그 도시, 마추픽추로 향하기 위해 쿠스코에서 꼬박 일주일을 넘게 기다렸다. 하지만 페루 대부분의 도시에서 파업이 이어졌고 마추픽추로 향하는 기차 역시 언제 파업이 끝날지 모른다고 했다. 나와 같은 숙소에 묵고 있던 몇몇 여행자들은 이미 다른 곳으로 발길을 돌리고 있었다. 여행을 하다 보면 이런 일을 자주 겪게 되지만 이번에는 더 조바심이 나서 도저히 견딜 수가 없었다. 밤하늘에 무수히 빛나는 별들을 보며 나는 자주 서성거렸고 더 자주 한숨을 쉬었다. 마추픽추를 만나는 일이 어쩌면 저 별에 닿는 일처럼 까마득하게만 여겨지던 밤. 아주 오랜 시간 동안 존재만 알고 있던 그곳에 가기 위해 멀고 먼 길을 달려왔지만 어쩌면 이대로 인연이 안 될 수도 있겠다는 생각마저 들었다.

"꼭 기차를 타고 갈 필요는 없잖아. 언제 같이 가볼까?" 이 말을 건넨 건 어느 일본 여행자였다. 언제 파업이 풀릴지 모르니 조금 힘들더라도 사설 차를 섭외해 보자는 것이었다. 그날 밤 어둡기만 하던 까만 밤에 잠시 커다랗게 별이 빛났던 것도 같다. 옆에 앉아 있던 주인도 슬그머니 부추기는 것 같았다. 그렇게 하기로 결정한 건 그가 건넨 "천국이 이렇게 가까이 있는데 너는 포기할 거야?"라는 말 때문인지도 모르겠고, 그냥 오기가 생겼기 때문인지도 모르겠다. 그래, 갈 수 있는 천국이 있다면 아마도 그곳이겠지. 마추픽추는 스페인 군대를 피하기 위한 도피처였다기도 하고, 스페인 군대에 대항하기 위한 군사들을 훈련하는 군사 요새였다고 전해지기도 하고, 자연재해를 피하기 위한 피난처로 만든 도시라고도 했다. 이처럼 수많은 학설이 있지만 그곳은 어쩌면 누군가에게는 천국이었을지도 모른다.

그 누군가는 단지 평화롭게 살기 위해, 경쟁에서 멀어지기 위해 이 높고 은밀한 곳으로 움직였을지도 모른다. 하늘과 맞닿은 이곳으로.

　낡은 자동차에 기사를 포함해 모두 다섯 명이 탔다. 1박 2일의 여정. 기차로는 고작 한 시간 삼십 분 남짓이면 닿지만 길은 험했다. 해발 4,000미터가 넘는 거대한 산들을 넘어야 했는데 곳곳이 끊어져 있었다. 낡은 자동차는 깊은 계곡을 아스라이 지나고, 산허리를 덜컹거리며 달리는 내내 힘들어했다. 우리도 마찬가지. 그나마 차창 밖으로 그림처럼 펼쳐진 풍경을 위로 삼아 견뎠다. 그러는 동안 신비로운 공중도시는 조금씩 가까워지고 있었고 피곤함은 점차 흥분된 마음으로 바뀌어갔다. 확신을 가지고서 견디는 일은 힘들지 않다. 다만 조금 급한 마음이 될 뿐이다. "천국에 가기는 쉽지 않아. 천국에는 함부로 가까이 갈 수 없어." 나는 힘들 때마다 이렇게 속으로 중얼거렸고, 수백 번의 중얼거림 끝에 드디어 차는 멈췄다. 차가 멈춘 곳에서 다시 계곡을 끼고 철길을 따라 두 시간을 더 걸어서야 마추픽추로 가는 베이스캠프라고 할 수 있는 아구아스 칼리엔테Aguas Caliente에 도착할 수 있었다. 너무나 피곤했다. 말도 되지 않는 일에 혹사를 당한 기분이 들기도 했고, 이렇게 먼 길을 돌아와서 조금 억울하기도 했지만 반가움은 어쩔 수 없었다. 마을 뒤로 구름 속으로 솟은 거대한 산이 보였다. 공중의 도시가 거기에 있었다.

아침 일찍 눈을 뜨자마자 첫 차를 탔다. 지그재그로 올라가는 천국의 길. 아침 안개인지 구름인지 모르겠다. 시야를 가로막은 이 자욱한 장막 뒤로 마추픽추가 슬며시 모습을 드러냈다. 드디어 만나고야 말았구나. 좀 더 편하게, 빨리 만날 수도 있었지만 이틀이나 힘겹게 달려와 가장 공기가 좋은 아침에야 만나고 보니 더 새롭고 신비롭게 느껴진다. 어떤 인연이 시작되는 순간처럼 거룩한 마음까지 든다. 여전히 그 정체를 알 수 없이, 오직 추측으로만 이름 붙여진 건물과 시설들 그리고 드넓은 광장은 거의 완벽한 형태로 보존되어 있다. 그래서일까, 오히려 생생하고 현실적으로 다가온다. 오랜 시간 동안 숨어있던 공중의 도시는 건실하고 든든하게 인사한다.

입구에서 가장 가까운 지역에 위치한 신전 지역을 걷는다. 아무도 살지 않는 낯선 골목을 걷는 마음이기도 하고, 박물관의 어느 부분을 경험하는 것처럼 느껴지기도 한다. 작은 광장에는 세 개의 창문이 남아 있는 무너진 건물이 서있고 우뚝 솟은 해시계가 놓여 있다. 분명 인간이 만든 것이겠지만 신의 손길이 묻지 않았을까 의심한다. 세 개의 창문 사이로 아침의 구름들이 몰려 와 늦은 시간까지 물러가지 않는다. 창문 너머 보이는 모든 것은 돌로 이루어져 있고 간혹 저 멀리 초가지붕들이 보인다. 신전 지역 뒤편, 돌계단을 따라 우뚝 솟은 지역 인티와타나Intiwatana는 마추픽추에서 가장 곳으로 전망대 역할을 한다. 동서남북의 방향을 완벽하게 표시한 커다란 돌이 놓여 있는데, 이 돌의 역할은 태양을 묶어 놓는 기둥이라고 한다. 잉카인들은 그들이 신성하게 숭배하던 태양이 궤적을 바꾸면 재앙이 온다고 믿었다. 그래서 궤적이 바뀌지 않도록 기둥에 묶어놓았던 것이다.

이곳에 올라 바라보는 풍경의 절반은 구름이고 나머지는 구름 아래 까마득히 펼쳐진 계곡이다. 그 입체감과 거리감이 상당해서 다큐멘터리 속의 한 장면에 들어와 있는 기분이 들었다. 마추픽추 건너편 우뚝 솟은 와이나픽추Wayna Picchu는 구름에 허리가 감겨 또 다른 공중의 성처럼 보인다. 와이나픽추에서 바라보는 환상적인 마추픽추를 보기 위해 사람들은 서둘러 인티와타나를 내려갔다. 하지만 하루에 400명으로 탐방 인원을 제한하기에 나는 이미 흥미를 잃은 뒤였다.

사랑하는 사람

또는 간절한 종교처럼

사람들이 빠져나간 언덕에서 내가 도시에서 자주 바라보던
그 하늘을 올려다본다. 하늘은 어디서나 볼 수 있지만 정작
그 누구도 닿을 수 없는 곳이어서 천국은 하늘에 있다고 믿
는 것이 아닐까. 나는 오래도록 천국의 골목을 서성였다. 구
름이 나를 스쳐 가고 간혹 무지개가 계곡과 계곡 사이를 연
결하다가 사라졌다. 사람들의 말소리가 아니었다면 이곳은
그대로 누군가의 천국이 될 수도 있겠다. 잉카인들이 섬기
던 태양의 신전이 있고 여전히 미스터리로 남은 완벽한 시
설의 현실적인 흔적이 선명한 곳. 하지만 만 명 이상이 살
았을지도 모른다는 이 도시의 일들에 대해 말해주는 사람
은 아무도 없다. 모든 것이 비밀로만 남아있다. 이 도시가
발견되었을 당시, 사람들이 사용했던 도구는 단 하나도 발
견할 수 없었다고 한다. 그때 이 골목길을 걷던 사람들은
모두 어디로 사라졌는지 아무도 모른다. 전해져 오는 것은
사람들의 이야기가 아니라 생활의 흔적뿐이다. 간혹 실체
는 없고 이야기만 무성한 경우는 많지만, 이곳에는 공중 위
에 지어진 실체만이 존재한다. 그렇다면 여기는 정말 천사
들이 살던 천국이었을까?

## 누구에게나
## 자신만의 천국이 있지

지치고 힘들 때면 가끔 그날의 허공을 생각한다. 그날 구름
속으로 어떤 주문에 걸린 듯 몰려들던 사람들 대부분이 나
처럼 그럴 거라 여긴다. 어쩌면 우리는 누구에게나 자신만
의 천국이 있을 것이다. 그곳이 누군가에겐 이 공중의 도시
기도 할 것이고, 또 다른 누군가는 사랑하는 사람이거나 자
신의 종교이기도 할 것이다. 아무래도 좋다. 그대의 힘든 어
깨를 위로할 수 있는 현실 속의 천국이라면 가까울수록 더
좋지 않겠나. 그런 곳이 많으면 많을수록 더욱더 좋지 않겠
나. 그대, 지금 하늘을 올려다보자. 그대만의 천국을 하늘
아래 어딘가에 놓아두고 틈날 때마다 바라보자.


## 공중의 도시로 가는 법　　　　　　　　• • •

특별한 이변이 없다면, 마추픽추가 있는 마을 아구아스
칼리엔테까지는 쿠스코에서 기차로 가는 것이 가장 일반
적이다. 페루 레일 홈페이지(www.perurail.com)를 통해서 확인
및 예약할 수 있다. 쿠스코 근교의 아름다운 풍경 속을 여
행하면서 오얀타이탐보에서 기차를 타는 방법 또한 많은
사람들이 선택한다. 트래킹을 좋아하는 사람들은 2박 3일

이나 3박 4일 등 다양한 종류의 트레킹을 통해 이루어지는 잉카 트레일을 경험할 수도 있다. 마추픽추 안에는 화장실이 없으니 매표소에서 비싼 요금을 내고서라도 미리 해결해야 한다. 마추픽추를 아름답게 조망할 수 있는 와이나픽추와 몬태나는 하루에 입장할 수 있는 방문객 수가 정해져 있으며 개인에 따라 소요되는 시간이 다르므로 사전에 예약 및 체력 등을 잘 고려해서 신중히 선택해야 한다.

내가 스스로

장엄해지고 찬란해지는 순간

카파도키아, 튀르키예　　　　　　　　Cappadocia, Türkiye

Suo Luo He Pan
REBECCA PAN

거친 바위틈 사이로 태양 빛이 부드럽게 스며들고 있었다. 아직 잠이 덜 깬 눈으로 바라보는 지평선은 몽롱하게 꾸는 꿈같다. 분명 먼 풍경이지만 왠지 만질 수 있을 만큼 가깝게 느껴진다. 늘 정면으로만 마주하던 공룡 같은 바위의 꼭대기를 이번에는 발아래로 내려다본다. 마치 공룡의 등 위에 올라타고는 몇만 년 전으로 거슬러 올라가는 것만 같은 기분이다.

오늘 아침 공기는 이상하리만치 순하고 부드럽다. 서서히 해가 떠오르면서 벌룬은 어떤 새로운 희망처럼 팽팽하게 부풀어 오른다. 나는 지금 아득한 공중의 구름 뒤에 있다. 구름 사이로 태양의 한 줄기 빛이 내려오는 광경을 목격하고 있는데, 그 빛이 너무나 가깝고 선명해서 손으로 만질 수 있을 것만 같다. 발아래로는 아스라하고 위태로운 세상이 펼쳐져 있다. 지금까지 내가 보아왔던 모든 풍경이 전혀 다른 모습으로 다가온다. 그리고 아무런 말이 없다. 말이 없다는 것은 부정도 아니고 긍정도 아닐 테지만 나는 알겠다. 우리가 아무리 높이 올라가도 세상의 전부를 내려다볼 수는 없다는 것을. 내가 본 것이 전부가 아니라는 것을. 그래서 누구도 침묵할 수밖에 없다는 것을.

눈 부신 태양이 발밑으로 떠오르고 있다.

## 오랜 시간이 견디며 만들어 낸
## 풍경

여기는 분명 낯선 별이다. 지금 내 앞에 펼쳐지는 것은 지구가 아니다. 이 풍경은 분명 다른 별에서 만날 수 있는 풍경이라야 맞다. 그러니 이곳을 걷는 일은 낯선 별의 골목을 걷는 일과 같을 것이다. 길가에는 담장이 없었다. 그런데도 골목이 만들어져 있던 흔적들을 쉽게 발견할 수 있었다. 만약 내가 이곳에 관한 아무런 정보도 없이 도착했더라면 아마도 지금보다 몇 배는 더 놀라지 않았을까. 사람들의 지나간 흔적이 유일한 골목이 되던 카파도키아의 괴레메. 버섯 모양의 바위들이 거대한 고목처럼 자리 잡은 도시. 몇만 년 동안 우두커니 서 있던 커다란 바위가 숲처럼 빼곡히 들어앉았지만 사람들의 흔적이 멀리서도 느껴진다. 바위의 숲을 드나드는 사람들이 이른 아침의 부지런한 새들처럼 나타났다가 사라지기를 반복했다.

　이곳의 생활은 아직도 바위 속에서 이루어진다. 물론 비어 있거나 처음부터 사람이 살지 않던 바위가 많다. 사람들의 흔적을 찾아 기웃거려 보지만 집들은 빈 동굴처럼 입만 벌리고 말이 없다. 900만 년 전 화산이 폭발하면서 만들어진 카파도키아는 오랜 세월 풍화를 겪으며 지금의 풍경을 이루어 냈다. 자연의 변화가 만든 건축물이기도 하고 그대로 발전을 멈춘 원시적 풍경이기도 하다. 강한 것은 세월을 견디며 남았고 여린 것은 시간에 부서져 지금의 풍경을 만들었다. 이 기묘한 풍경은 분명 바람과 비가 만들었지만 가장 많은 힘을 보탠 것은 역시 세월이 아닐까. 단숨에 만들어졌다고 생각되는 것은 대부분 인간이 만들어 낸 흔적이다. 터키의 정중앙, 드넓은 지역에 걸쳐 있는 이 신비한 풍경은 지상의 풍경이라고는 도저히 믿기가 힘들다. 지구가 아닌 다른 별에서 분리되어 잘못 자리 잡은 것이라고 해도 믿어질 만큼 척박하다. 그런데, 척박해도 아름답다. 건조하고 단단한 풍경 사이 드문드문 자리 잡은 사람들의 일상이 이를 가능하게 만드는 것이 아닐까.

카파도키아는 어느 한 지역을 일컫는 말이 아니라 괴레메, 우치히사르, 네브세히르, 카이세리, 위르굽, 아바노스 등 여러 개의 도시를 통틀어 일컫는 말이다. 우리의 상상을 뛰어넘을 만큼 드넓어서, 걷다가 만나는 시야에 들어오는 것이 전부가 아니다. 많은 사람들이 이곳만의 독특한 풍경을 만끽하고 종교적 가치를 알고자 찾아온다. 하지만 나 같은 여행자라면 바위 하나라도 제대로 알고 가면 다행이다 싶다. 매시간 달라지는 풍경과 이 풍경 곳곳에 숨어 있는 위대하고 간절한 종교적 가치들을 단 한 번의 여행으로 섭렵하기는 불가능하다.

마을 외곽으로 비스듬히 줄지은 바위 동굴 숙소 중 하나를 택하여 짐을 풀었다. 여름에는 시원하고 겨울에는 따뜻하다고 하는데, 동굴이라 불편하지 않을까 하고 걱정했지만 실내는 생각했던 것 이상으로 아늑하다. 숙소에 들어서는 순간부터 동화책에서 보던 난쟁이가 된 것처럼 모든 것이 낯설다. 동굴 안쪽부터 침실이 길게 들어서 있다. 맞은편은 공동샤워장이다. 그 사이에 작은 창이 나 있고, 신선한 하늘이 열려있다. 대부분의 풍경이 단단한 돌로 이루어진 이곳이라 하늘이 더욱 부드럽게 다가온다.

기원전 1900년쯤 아시리아의 상인들이 주로 활동하던 이곳은 히타이트 제국의 첫 번째 수도였다고 전해진다. 이후 수많은 외침의 역사를 고스란히 겪었으며 마지막으로 로마의 속주가 됨으로써 카파도키아 왕국은 멸망했다. 이 바위들은 로마로부터 박해받은 기독교인들의 은신처가 되어준 곳이다. 현재까지 보존되어 있는 기독교적 가치는 어마어마해서 수많은 종교인들이 찾아든다. 여행자들에게 가장 인기 있는 투어 코스 안에 지하도시와 수도원 방문이 포함되는 이유가 여기에 있다. 지금도 어엿이 존재하는 거대한 지하 세계에 잘 보존된 벽화와 유물들을 만날 수 있다. 가이드 없이 혼자서도 충분히 둘러볼 수 있기 때문에 기독교의 역사 체험이 다양한 형태로 가능하다. 바르베라 성녀의 순교를 기리는 예배당의 오래된 프레스코화를 시작으로 네 개의 원기둥이 돔 형태를 이룬 사과 교회에도 최후의 만찬과 예수를 그린 많은 벽화들이 선명히 남아 있다. 이 밖에도 괴레메 박물관 근처의 성 바실리오 예배당 등 어렵지 않게 기독교 문화와 역사를 만날 수 있는 곳이 많다. 이곳은 어쩌면 그들에게는 종교보다 더 단단하고 믿음보다 더 거센 삶의 터전이었는지도 모른다. 그러니까 이 바위 동굴 하나하나가 누군가에게는 희망이었던 것이다.

창밖으로 숱한 희망들이 숲을 이룬 풍경은 해가 기울어 갈수록 그림자를 길게 늘어뜨린다. 그로 인해 풍경은 더 거대하고 선명해지고 신비로워진다. 비바람이 구름을 가만두지 못하듯, 인간의 욕심은 천둥보다 거센 것이어서 약자를 가만히 두지 않는다. 그 세월을 모두 견뎌내면 지금의 모습처럼 설 수 있을까? 그저 신비롭고 아름답기만 한 풍경인 것 같지만, 사실은 숱하고 숱한 이야기들이 쌓이고 또 쌓여 단단한 바위가 된 것이다. 튼튼한 바위를 방패 삼아 불안의 시간을 견디던 마음들이 바위보다 단단해져 오랜 세월을 견딜 수 있었을 것이다. 바위 숲을 걷지만 골목을 걷는 기분이 드는 것도 이런 이유 때문이 아닐까.

아,

나는 얼마나 세상의 작은 일일 뿐인지

길을 걸으며 오래전 이곳에 살던 사람들이 어디선가 요정
처럼 불쑥 나타날지도 모른다는 생각이 자주 들었다. 해가
기울면 기울수록 더욱 찬란한 빛으로 갈아입는 바위의 옷
들은 신비한 재주를 가진 사람이 시간의 마법을 부리는 것
만 같았다. 카파도키아에 자리한 여러 도시 중 어디에 가더
라도 아침과 점심, 오전과 오후 그리고 몇 날 며칠의 밤을
경험해 보라고 당부드린다. 그리고 꼭! 해가 뜨기 전 공중
의 풍경을 경험하라고 강요하고 싶다. 푸른 새벽이 다시 붉
게 옷을 갈아입을 시간, 한껏 부푼 희망으로 날아오르는 벌
룬투어는 평생 잊을 수 없을 것이다.

　거대한 사막 지역에 조각상처럼 잠자고 있던 바위들이
해가 뜨면 하나하나 자신의 그림자를 딛고 기상한다. 벌룬
은 그 풍경들 위를 날아오른다. 이곳을 찾은 여행자들은 바
위 마을의 난쟁이로 살다가 날개를 달고 요정이 되는 시간
을 경험한다. 지금까지 정면으로만 마주하던 모든 풍경을
발아래 두고 공중을 떠다니는 일. 벌룬이 각도를 바꿀 때마
다 내가 보아왔던 풍경들이 그 모습을 달리한다. 비행기를
타고 하늘을 나는 것과는 또 다른 기분이고 마음이다. 누구
나 한 번쯤 이 기분과 마음을 겪어 보면 좋겠다 싶었다. 공

중을 천천히 떠다니며 몇만 년 너머의 시간과 풍경을 잠시나마 내려다볼 수 있는 일. 내가 얼마나 세상의 작은 일일 뿐인지 느껴볼 수 있는 일.

수많은 세월 동안 다져진 단단한 바위. 그들은 희망이라는 힘으로 서 있을 수 있었다. 나는 이곳 카파도키아에서 알았다. 작은 돌멩이 하나도 어떤 처지에서 보면 그 어떤 거대한 희망보다 더 귀하고 단단하게 여겨질 때가 있다는 것을. 나는 이 교훈을 기억하기 위해 내가 착륙한 지점에 조용히 손바닥을 대었다. 메마른 지구의 한 귀퉁이에서 사람들은 아침마다 끊임없이 날아오를 것이다. 천천히 천천히 날아오르며, 자신의 아래에 펼쳐지는 풍경들을 보며, 스스로 위대해지고 장엄해지는 순간을 맞이할 것이다. 태양보다 높이 떠오르는 아침의 풍선 하나하나가 모두에게 희망이 될 것이다.

카파도키아를 여행하기에 앞서　　　　　　　• • •

카파도키아를 작은 지면에 소개한다는 건 불가능하다. 나로서는 무리다. 방대한 자연 속에 여러 도시가 깃들어 있는 카파도키아는 자신의 여행 스타일에 맞춰 한 도시 또는 두 도시 정도를 계획하고 가는 것이 좋다. 괴레메에서 며칠 지냈다고 카파도키아를 전부 봤다고 할 수는 없는 일이다. 많은 여행자들이 괴레메에 짐을 푸는 것은 비교적 다양한 가격대의 경험을 하기 좋기 때문이다. 카파도키아를 조금이라도 빨리 그리고 깊이 경험하기 위해서는 몇 가지의 투어가 있는데, 데린쿠유 지하도시와 으흘라라 계곡을 묶은 그린투어, 카파도키아와 괴레메의 주요 포인트를 묶어 놓은 레드투어 그리고 로즈밸리 트래킹 투어가 그것이다. 직접 ATV를 운전하며 경험하는 카파도키아도 인기가 많지만 아침 일출의 바라보며 하늘을 나는 벌룬투어는 꼭 경험해 볼만 하다.

영원할까요?

사랑이 혹은 삶이

아그라, 인도          Agra, India

Don't Cry
KLANG

사랑이 영원하냐고 사람들은 묻는다. 서로가 서로에게 묻는다. 서로가 서로에게 묻는다는 것은 서로가 답을 가지고 있지 않기 때문일 것이며, 혼자서는 확신할 수 없는 일이라 여겨서일 것이다. 그러나 사랑이 영원하냐고 묻기 이전에, 사랑이 급격하게 변해가는 요즘으로 치자면 그 새하얀 건물은 어쩌면 말도 안 되는 것일 수도 있겠다. 보름달처럼 둥그렇게 떠 있는 타지마할을 바라보고 있으면 얄팍한 마음으로 사랑이 영원하냐고 의심을 품었던 때가 부끄럽다. 순백의 대리석은 오랜 세월 동안 빛을 잃지 않았고, 여전히 사랑의 증거가 되어 많은 사람들에게 교훈을 주며 저 홀로 찬란하고 아름답다. 거대한 묘지 타지마할이 놓여 있는 그곳에 세상 모든 종류의 사랑이 몰려든다. 다가와서 말없이 참배하고 돌아서는 발길은 사랑이 조금 더 가까워진 듯 보인다.

## 사랑하던 사람을
## 바로 곁에 두고 앉은 것처럼

세 번째다. 처음 이곳을 떠나며 다시는 오지 말아야겠다고 생각했는데 이후 두 번이나 더 찾았다. 아그라. 인도의 상징이자 지구 반대편에 사는 사람들까지 알고 있는, 세상에서 가장 유명한 건축물인 타지마할이 빛나며 서 있는 곳. 혼탁한 공기 사이로 야무나강의 곡선을 따라 그 존재감을 드러내고 있는 타지마할은 그야말로 독보적이다. 아름다움에서도 그러하고 의미로서도 그러하다. 샤자한이 죽은 아내에게 바친 사랑의 증거 타지마할을 보지 못하고 인도를 떠난 사람은 반드시 다시 인도를 찾게 된다는 속설이 있다. 타지마할을 보지 못했다면 인도를 본 것이 아니라는 뜻이다. 사람들마다 여행의 취향이나 스타일, 관심사가 다 다르므로 이건 어쩌면 억지일 지도 모른다. 나는 한 번 보았지만 세 번이나 이곳을 다시 찾게 됐다. 그리고 정말 마지막으로 다시 한번 더 가야 할지도 모른다.

어린 시절 어느 유명 사진가의 사진에 반해 처음 타지마할을 찾았다. 첫 인도 여행이었다. 뭄바이에 도착한 나는 타지마할을 보기 위해 꼬박 스물일곱 시간 동안 기차를 타야 했다. 눈부시게 흰 사랑의 증거. 타지마할에 가까워질수록 정신이 맑아지고 가슴이 뛰는 듯했다. 하지만 첫인상은 정말이지 나를 경악하게 만들었다. 사실 아그라뿐만 아니라 첫 인도 여행에서는 인도 어디를 가나 그런 마음이 먼저 들 것이다. 그중에서도 아그라는 정말 최악의 도시라고 생각했다. 어쩌면 타지마할을 보러 온다는 열망뿐이어서 더 그랬을지도 모른다. 타지마할을 향해 뻗어있는 골목들의 혼란스러움과 난잡함은 이루 말할 수 없었고, 설상가상으로 그 시절의 숙소는 숙소라고 부를 수 있는 시설을 갖추고 있지도 않았다. 값비싼 호텔에 묵는다면 모두가 해결될 문제였지만, 불행하게도 나는 가난한 배낭여행자에 불과했다. 내가 몸을 맡겼던 숙소의 방에는 태양의 열기를 있는 대로 다 받아들이는 허름한 벽과 돌아가지 않는 선풍기뿐이었다.

그곳에서 여러 날을 잠들지 못했다. 마치 두꺼운 담요를 쓰고 찜질방에 앉아있는 것 같다는 표현이 가장 적절한 것 같다. 그러던 어느 밤, 더위에 지쳐 잠을 이루지 못하고 옥상에 앉아 하늘을 보는데 머리 위로 커다란 보름달이 떠 있었다. 그 옆으로는 작은 별들이 희미하게 빛나고 있었다. 그런데 실타래처럼 얽혀있는 골목들 사이, 밤의 열기를 뿜고 있는 지붕 위로 거대한 또 하나의 달이 보이는 것이었다. 그렇게 두 개의 보름달이 뜬 밤이었다. 그때 처음으로 타지마할을 봤다. 사람들이 모두 잠든 밤, 원숭이들이 배회하는 담벼락 뒤로 뜬 하얀 대리석의 건물. 보름달처럼 보이는 그것은 어쩌면 꿈일지도 모른다고 생각했다. 이틀 동안 기차를 타고 달려와 내린 곳. 한낮의 열기를 잔뜩 받은 몸은 이미 내 몸이 아닌 듯 지쳐 있었지만, 그날 밤하늘은 이상하게 아름답기만 했다. 누군가 내 옆에서 이 세상 모든 사랑에 관한 이야기를 나지막이 속삭여 주는 것만 같았다.

약간 식은땀이 흘렀던 것도 같다. 그것은 분명, 깊은 밤 아무도 몰래 사랑하는 사람의 손을 잡고 함께 보고 싶었던 풍경이었다. 구름은 달을 스쳐 가고, 뛰어다니는 원숭이들의 울음소리는 처량했다. 이상한 밤이었다. 나는 사랑하던 사람을 바로 곁에 두고 앉은 것처럼 오래도록 어떤 단어들을 중얼거렸다. 그때 내가 말한 단어들은 무엇이었을까. 그 시절, 사랑이란 홀로 시작하였다가 홀로 끝을 맺기도 하는 것이라 여겼으니 그렇게 서럽지는 않았다. 나는 허공에 뜬 달과 지상의 달이 직선을 이루던 시간까지 서성였다. 가슴속에 그려왔던 커다랗고 둥근 대리석을 꿈처럼 바라보았던 밤이었다.

무굴제국의 5대 황제 샤자한의 부인 뭄타즈 마할 왕비는 아이를 낳다가 세상을 떠나게 된다. 왕비가 세상을 떠난 뒤 그리움에 사무친 샤자한. 온 백성과 함께 2년 동안의 애도 기간을 가지고도 여전히 마음의 갈피를 못 잡는다. 아마도 죽도록 그리웠겠지. 그 애타는 마음의 표상이 지금의 타지마할이 되었다. 그러나 이 아름다운 건축물을 짓기 위해 엄청난 재정을 낭비한 왕은 아들에 의해 폐위를 당하게 된다. 후문에 따르면, 이 건축물보다 더 아름다운 건축물을 만들게 될까 봐 공사에 참여한 모든 사람들의 손목을 잘랐다고 한다. 때로 사랑의 힘은 이만큼 거세고 일방적이고 난폭하다.

타지마할을 찾은 사람들이 환하게 웃으며 사진을 찍는 포인트가 있다. 1992년 영국의 다이애나 왕비가 앉았던 '다이애나 의자'는 정확한 대칭을 이루는 타지마할의 정원과 분수를 배경으로 기념사진을 만들 수 있는 자리다. 타지마할은 어느 방향에서 나누더라도 정확한 대칭형의 건물로 유명하다. 네 개의 첨탑과 거대한 정사각형의 정원이 수로를 따라 또 네 개로 분리된다. 둥근 첨탑 안의 묘를 보기 위해 사람들은 이른 아침부터 줄을 서는 수고를 마다하지 않는다. 타지마할 본 건물에 들어서면 비로소 자세히 눈에 들어오기 시작하는 문양들, 대리석 창살을 통해 쏟아지는 빛과 그 빛이 만들어 내는 그림자들의 조화는 보는 이의 감탄을 자아낸다. 대리석을 잘라내고 다른 색의 대리석을 메워 넣는 상감기법의 정교함은 보고 있어도 믿기가 어렵다. 가까이에서 보면 놀랍도록 정교하고 세밀한 문양들이 양탄자처럼 복잡하게 얽혀 있다. 일층의 묘실에는 가짜 석관을 두었고 직선으로 바로 아래의 지하에 유골이 안치되어 있다. 바깥이 아무리 열기에 이글거려도 묘지가 놓여 있는 돔 안은 이곳이 묘지라는 기분이 들지 않을 정도로 청량한 공기로 가득하다. 상상을 초월하는 이 엄청난 건축물은 매일 2만 명의 인부와 1,000마리의 코끼리가 22년 동안 동원됐다고 한다.

타지마할을 좀 더 서정적인 느낌으로 바라볼 수 있는 곳이 여러 군데 있다. 타지마할을 끼고 도는 야무나강 건너편의 무굴식 정원 메탑 박Mehtab Bagh과 아그라 포트Agra Fort다. 개인적으로는 아그라 포트에서 보는 타지마할을 좋아한다. 아들에게 폐위당한 샤자한은 이곳에 갇혀 아내의 묘지를 바라보았다. 그의 심정은 어땠을까. 야무나강을 따라 소실점으로 사라지는 지점에 타지마할은 홀연히 아름다운 모습으로 앉아 있다. 이곳을 다녀가는 누구나 샤자한의 애타는 마음으로 타지마할을 감상한다. 아그라 포트는 무굴 제국의 요새이다. 타지마할 못지않게 아름다운 정원과 붉은 사암으로 이루어진 2.5킬로미터의 성곽으로 둘러싸여 있다. 이곳에 자리한 힌두와 아프간 건축 양식이 혼재된 제항기르 궁전과 왕의 접견지였던 디와니암, 그리고 포로의 탑이란 뜻으로 지어진 하얀 대리석의 무를 삼만 버즈 또한 아름다운 건축물로 꼽힌다.

## 세상의 모든 사랑이 얽힌 골목

사실 많은 사람들이 타지마할과 아그라 포트를 보러 이곳 아그라에 모여들지만, 내가 아그라를 세 번이나 찾은 이유는 따로 있다. 지긋지긋한 더위와 끝없이 이어지는 불편함을 각오하고 견뎌야 하는 이곳 아그라의 미로 같은 골목들 때문인지도 모른다. 처음엔 강물 위로 타지마할이 비치는 그 풍경을 찍기 위해 찾았지만, 사실이 아니라는 걸 알게 된 이후 많이 실망했다. 하지만 타지마할로 연결된 수많은 골목들을 걸으며 스스로를 위로했다.

낡은 골목들 사이로 걷다 보면 왠지 묘한 기분이 들곤 했다. 타지마할을 짓기 위해 피를 쏟았던 노동자들이 살았던 척박한 동네. 여전히 낡고 냄새나는 열악한 골목 위로 천연덕스럽게 떠오르는 새하얀 뭄타즈 마할의 묘. 이 골목들을 걸을 때마다 조심스럽고 경건해진다. 그 시절 이래, 여전히 변하지 않는 신분과 삶은 골목을 따라 지난하게 이어진다. 그리고 그 삶 위로 죽은 자의 묘지가 신기루처럼 떠 있다.


골목은 세상의 모든 사랑을 얽어가며 타지마할을 향해 이어진다. 저 멀리 새하얗게 떠 있는 오래된 사랑의 상징을 향해 경배하듯 나아간다. 이것을 바라보며 사는 사람들의 사랑은 과연 어떠할까. 사랑이 영원하지 않다는 것을, 삶 또한 영원하지 않다는 것을 알면서도 우리는 끝까지 달려가지 않는가. 이 열악한 골목을 헤치며 한 모퉁이 한 모퉁이 정성스럽게 걸어간다. 방법은 그것밖에 없으므로.

이 골목에서 알았다. 거대하지 않아도, 찬란하지 않아도, 아름답지 않아도 사랑은 사랑이라는 것을. 이 골목 안에서 소박하게 작은 별로 반짝여도 좋으리, 우리의 사랑은. 그 모든 사랑이 사랑 자체만으로도 타지마할보다 아름답다는 것을 골목은 알려주고 있었다.

## 타지마할은 한 번쯤 봐야 한다. • • •

타지마할에는 최대한 이른 시간에 가거나 아예 늦은 시간에 방문하길 권한다. 정원이 잘 꾸며져 있지만 막강한 태양의 열기를 피할 방법은 없다. 금요일은 휴무일이며 입장 시간은 일출에서 일몰까지다. 이왕이면 일출 시간에 맞춰 들어가는 편이 낫겠다. 묘지 안으로 쏟아지는 대리석 창살의 실루엣을 감상하는 것만으로도 황홀한 시간을 가질 수 있다. 카메라를 제외한 소지품을 될 수 있는 한 가져가지 않는 게 좋다. 입구에서 소지품 하나하나를 다 검사하기 때문에 엄청난 피로감이 몰려온다. 타지마할 티켓을 소지하고 당일 아그라 포트를 방문하면 약간의 할인을 받을 수 있다. 타지마할 근처 여행자의 거리 따지 간즈에서 묵으며 숙소나 카페 옥상에서 바라보는 타지마할 풍경도 권할 만하다.

호의와 선의로 가득한

천 가지 색의 골목

트리니다드, 쿠바        Trinidad, Cuba

Madame Guitar
SERGIO ENDRIGO

쿠바 하면 떠오르는 익숙한 단어들이 있다. 혁명이라든지 체 게바라라든지, 아바나 방파제 그리고 헤밍웨이와 모히토 같은. 아참, 부에나비스타소셜클럽도 있다. 어쨌든 이와 같은 여러 가지 단어들이 줄줄이 떠오른다. 이 단어들이 각자에게 어떤 느낌으로 다가오던 상관 없겠으나, 이 단어들은 쿠바에 도착하기 전에나 떠올릴 수 있는 것에 불과하다는 것을 알았다.

어떤 나라를 떠올릴 때 그 나라를 대표하는 단어가 쉽게 떠오른다는 것은 좋은 일이지만, 때로는 그것들이 너무 익숙해 정작 쿠바에 가는 사람들의 관심이 이 단어들을 벗어나지 못하면 어쩌나 하는 사소한 걱정이 앞서기도 했다. 특히 쿠바의 수도 아바나에 가려져 트리니다드를 알지 못하게 될까 봐 그랬다.

## 내가 아는 모든 알록달록한 단어를
## 떠올리게 하는 곳

쿠바만 생각하면 내 머릿속에는 벌써 알록달록한 단어들이 자동으로 나열되고 있다. 만약 쿠바에서 아바나를 제외하고 단 한 곳만 갈 수 있다면 어디를 갈 건가요? 하고 묻는다면 나는 단 일 초도 망설임도 없이 '트리니다드!'라고 큰소리로 대답할 것이다.

트리니다드는 쿠바의 거의 중앙 남부 해안에 위치한 곳이다. 지도상으로 아바나가 왼쪽 상단의 북부 해안 도시라면, 이곳에서 대각선으로 선을 그으면 짧게 곧장 이어진다. 아바나에서 트리니다드까지 비교적 버스노선이 잘 되어 있다는 말을 듣고 트리니다드행을 결정했다. 쿠바가 점점 발전하고 있다지만 교통에서는 여전히 불편한 점이 많다. 그 이유로 도시 간의 이동이 늘 신경이 쓰였는데, 교통이 편하다는 이유만으로 트리니다드를 찾기로 한 것이다.

아바나를 제외하면 쿠바에 대해서 별로 아는 게 없었기 때문에 정말 시간 때우기 정도로 생각하고 찾은 도시었다. 도시 전체가 유네스코 세계문화유산으로 지정되었다는 사실도 도착하고 나서야 알게 되었다. 하지만 아무런 정보도 생각도 계획도 없이 찾았던 이유로 더욱 짙은 인상이 남게 되었는지도 모른다. 누군가를 처음 만나게 될 때, 사전에 너무 많은 것을 파악하고 만났다든지 또 그 누군가가 알려준 정보에 의해 상대를 미리 규정한 후 직접 만났을 때 괴리감이 드는 것처럼 여행도 비슷한 경우가 잦았다. 그런 면에서 트리니다드는 생각지도 못한 좋은 사람을 뜻밖에 만난 기분이 들었다.


첫인상을 말하자면 이렇다. 나지막한 산등성이 아래로 형형색색의 골목들이 이어진다. 이 골목들은 절대로 잊을 수가 없다. 제각각 다른 색으로 치장을 한 작은 건물들이 간격도 없이 기차의 객실처럼 줄줄이 따라온다. 지붕은 붉은색이다. 집의 구분을 집의 간격이나 담이 아닌 그냥 색깔로만 하는 식이다. 이 풍경은 마치 초등학생이 그린 그림처럼 서툴기도 한데, 또 그만큼 정겹기도 하다. 대부분의 골목길들은 시멘트나 아스팔트가 아니라 둥근 돌들이 깔려 있었다. 동글동글한 돌이 깔린 바닥은 성격 좋은 사람의 웃음처럼 그 감촉이 부드럽기만 했다. 경험상 이런 곳에서는 어떻게 사진을 찍어도 좋은 사진이 나올 수밖에 없다. 게다가 앵글 속으로 들어오는 사람들의 표정도 전부 모델급이었다. 이 도시에 도착한 누구라도 이곳을 좋은 곳으로 여길수밖에 없을 것이다. 쿠바를 떠올리면 맨 앞에 등장하는 단어는 '혁명'이지만 트리니다드에서는 혁명과는 전혀 상관없는 풍경이 펼쳐졌다.

트리니다드 역시 다른 도시와 마찬가지로 광장이 도시의 중심에 있다. 마요르 광장, 산티아나 광장, 까리히요 광장을 중심으로 사람들이 몰려들지만 사실 마요르 광장만 지키고 있어도 트리니다드에서의 거의 모든 여행을 할 수 있다고 말할 수 있다. 아침부터 늦은 밤까지, 광장에는 트리니다드의 모든 소식이 탄생하고 전해지고 또 사라진다. 이곳을

'소식의 장소'라고 불러도 손색이 없다. 이곳에 사는 사람들은 반드시 이곳을 한 번이라도 지나야 한다. 노인들은 광장의 그늘에 모여 앉아 그들만의 고요한 시간을 즐기고, 하굣길 아이들에게 광장은 놀이터가 된다.

이곳을 찾은 여행자들은 광장을 둘러싼 건물들을 두리번거리며 주변을 관찰한다. 마을 뒷산으로 이어지는 언덕에 위치한 이곳에서 보는 일몰은 사진으로도, 그림으로도 말로도 대체가 불가능한 색을 선사한다. 분명 하늘은 하나이며 하루에 한 번 내리는 노을인데 이처럼 매일 다르고 매 순간 변화무쌍한 얼굴을 보여주다니, 어떻게 이 시간의 광장을 사랑하지 않을 수 있단 말인가. 누군가 트리니다드에 간다면 나는 이렇게 말하고 싶다. "노을이 사라지더라도 당신은 움직이지 말라. 절대로 움직이지 말라." 그 자리에 그대로 서서 밤이 짙어질 때까지 노을에게서 받은 흥분을 가라앉혀야 한다. 당신의 의지와 상관없이 빠르게 뛰는 심장의 박동을 진정시켜야 한다. 아침부터 저녁까지의 트리니다드가 갖가지 총천연색으로 칠해진 그림 같다면, 밤의 트리니다드는 하나의 색으로 화려하게 율동하는 만화경 같다. 물감으로는 도저히 표현할 수 없는 뜨거운 색. 열광과 정열, 흥분이라는 색으로 가득한 광장은 순식간에 하나의 무대가 된다.

쿠바 사람들은 흥이 많기로 유명하지만, 쿠바 사람들 중에서도 특히 트리니다드 사람들은 흥이 더 많다. 아무 카페 테이블이나 자리를 잡고 잠시만 있어 보시라. 티브이나 매체에서 보던 '진열된' 쿠바가 아니라 일상의 쿠바를 만나게 될 테니 말이다. 비록 당신이 아는 사람이 아무도 없는 외로운 여행객일지라도 그들은 먼저 당신을 아는 체하며 기꺼이 친구가 되어 줄 것이다. 광장의 오케스트라가 풀어놓는 쿠바 뮤직은 가장 빛나는 소리로, 가장 경쾌한 동작으로 당신을 밤하늘 아래로 이끌 것이다. 누구나 할 것 없이 사람들은 맥주 한 병을 손에 들고 신나게 춤을 출 것이다. 이렇게 트리니다드의 밤은 끝나지 않는다.

트리니다드에서 내 최고의 추억은 모두 이 광장에서 만들어졌다. 사실 이곳에서 볼 것이라고는 딱히 없다. 광장을 중심으로 여러 종류의 박물관과 오래된 교회가 있지만, 그다지 대단한 볼거리는 아니니 많은 기대를 가져서는 안 된다. 이곳의 주인공은 사람들과 그들이 깃든 총천연색의 골목이다. 당신이 골목에 접어들면 사람들은 경쾌한 바이올린 연주처럼 당신에게 먼저 인사할 것이다. 어깨동무를 하고 길게 이어지는 골목은 걷는 것만으로도, 그 집들을 드나드는 사람들의 하루를 지켜보는 것만으로도 훌륭한 여행이 될 것이다.

## 내가 먼저 가보라고
## 권하고 싶은 곳

여행을 하면서 한 지역에서 단 한 사람의 좋은 얼굴이라도 깊이 기억할 수 있다면 얼마나 좋을까 하는 생각을 한 적이 있다. 그런데 쿠바에서는, 그리고 트리니다드에서 내가 만난 거의 모든 사람들이 내 머릿속에 총천연색으로 각인되었다. 선량하고 해맑은 그들의 삶을 거부할 방법은 없었다. 그들은 지나가는 여행객일 뿐인 내게 커다란 호의와 선의를 베풀었다. 나는 그 호의와 선의의 총천연색 건물 사이를 즐거운 마음으로 걸었다.

　잠시도 우울할 수 없었던 곳 쿠바 그리고 트리니다드. 누군가 내게 "어디가 가장 좋았어요?" 하고 물을 때 "쿠바, 그중에서도 트리니다요" 하고 대답하는 것이 아니라, 내가 먼저 "쿠바에 트리니다드라는 곳이 있어요. 그곳에 한번 가보세요" 하고 권유하고 싶어지는 곳 트리니다드. 당신은 그곳에 가서 활짝 웃으며 매일매일 다른 노을의 저녁을 맞이하시길 바란다. 기분 좋고 유쾌한 밤을 즐기시길 바란다. 그 기억으로 살아가는 동안 잠시라도 우울하지 말기를.

　그곳에 간다고 미리 공부하지 않기를, 예상하지 말기를, 계획하지 않기를. 만약 당신이 쿠바에 관해 미리 공부했다면 전부 잊어도 좋다. 하얗게 잊어도 좋다. 그곳에서 만난 총천연색이 당신의 머릿속을 가득 채울 테니까. 쿠바의 쿠바! 쿠바 중에서도 가장 쿠바적인 곳, 트리니다드.

## 아바나보다 더 사랑하게 될 트리니다드 • • •

트리니다드 도시 자체는 작은 시골 마을 수준이다. 그렇기 때문에 큰 재미를 바라고 가는 곳은 아니다. 트리니다드에서 짐을 풀고 가까운 해안을 찾을 수도 있다. 쿠바에 왔는데 카리브 해를 경험해보지 않을 수 없는 일 아닌가. 앙콩해변이 가장 유명한데, 길고 긴 해변은 끝이 어디인지 가늠할 수 없을 정도다. 한 번쯤 근교 잉헤니오스 농장Valle de Ingenios을 방문하는 것도 좋겠다. 트리니다드 남쪽 승강장에서 기차를 타고 처음 도착하는 역에 있다. 잉헤니오스 농장의 상징은 45미터 높이의 노예감시탑이다. 이곳을 시작으로 기차를 타고 100년 된 철교 등을 돌아보자. 여섯 시간 동안 천천히 이동하며 이루어진다. 마요르광장의 밤은 카페 까사 데 라 뮤지카Casa de la Musica를 위주로 펼쳐진다. 춤을 추며 놀 생각이 아니라면 반드시 입장하지 않아도 괜찮다. 근처 계단에서도 얼마든지 감상이 가능하다는 뜻이다.

세상 모든 여행자의

대합실

카오산 로드, 방콕, 태국    Khaosan Rd, Bangkok, Thailand

Traveler
HEIDI MULLER

돌아오겠다고 약속하고 떠난 자는 얼마 머물지 못한다. 돌아가면서 아쉬움의 한숨을 내쉬지만 끝내 다시 오고야 만다. 기약 없는 여행을 떠나 온 자들은 먼저 가는 자의 뒷모습을 지켜보며 또 다른 깊은 한숨을 쉬거나 그들의 그림자에 자신을 실어 보내기도 했다.

태국 방콕. 하루에도 몇 번씩 비가 내리는 이곳에는 하루 종일 진득한 땀을 달고 살아야 하는 불편함이 있다. 그래도 여행자들은 지칠 줄 모른다. 이곳에는 유독 첫 여행을 떠나왔다가 결국에는 삶의 터전으로 삼고야 만 여행자가 많다. 나는 그런 이들을 여럿 만났다. 희한하게도 그들은 비슷하게 왜소했고 비슷하게 맑았다. 당신이 어디론가 무작정 떠나고 싶다면, 이유 없이 먼 곳이 그립다면, 그곳이 어디인지 곰곰이 생각해 보시라. 아마도 그곳은 방콕일지도 모른다. 방콕에서도 카오산로드. 무질서한 혼란과 어지러운 혼돈의 골목. 그곳에서 당신과 내가 자주 만났으면 한다.

## 온 세상의 여행이
## 흘러드는 곳

방콕이다. 결국 다시 방콕이다. 그리고 카오산로드다. 방콕과 카오산로드는 한 몸이면서도 전혀 다른 앞과 뒤가 있는 곳이라고 말한 적이 있다. 동남아 여행의 모든 출발지가 되고 거의 모든 종착지가 되기도 하는 곳 카오산로드. 이곳에 다시 왔다. 여권에 찍힌 태국 도장은 대부분이 방콕이다. 방콕 이외에 다른 국경을 통해 넘어와도 나는 결국 방콕으로 와서 카오산로드에 짐을 풀고 만다. 그리고 이곳을 언제 떠날지 기약이 없다. 지긋지긋하지만 지긋지긋하게 신나는 곳. 징글징글하다고 불평하면서, 이렇게 말한 여행자 대부분이 꼭 다시 한 번, 아니 그 이상을 다시 찾게 되는 곳. 마치 이곳을 거치지 않고서는 다른 세계로 갈 수 없는 듯 여행자들은 이곳으로 모인다. 그야말로 방콕은 여행자의 대합실이다.

방콕은 워낙 다양한 이미지가 공존하는 곳이라 함부로 정의하기도 어렵고 명확히 설명하기는 더욱 힘들다. 오랜 여행자들의 오랜 골목 하나만 소개하기로 한다. 짜오프라야강과 방람푸 운하를 끼고 있는 카오산로드는 방람푸 시장 가까이에 자리한 곳으로, 배낭여행자들의 안식처라 하겠다. 세계 각국에서 모인 배낭여행자들이 이곳에서 맘 편히 지낸다. 예전에는 오랜 여행의 종착지 또는 여행의 첫 시작점이 되어 서로 여행 정보를 교환하거나 여행자들끼리 어울리며 새로운 여행지로 함께 떠나기도 했던 곳이다. 배낭여행에 대한 모든 것을 해결할 수 있는 장소였다. 물론 지금도 그 역할을 충실히 수행하고 있다. 수많은 여행사들이 모여 있어 이곳을 기웃거리다 보면 태국 어디든, 이웃 나라 어디든, 아니 세계 어디든 갈 방법이 생긴다. 여행자가 구하고 싶은 것은 이곳에 다 있다.

카오산로드가 좋은 이유는 저렴하면서도 다양한 즐길 거리가 많다는 것 이외에도 태국을 대표하는 문화 유적과 관광지가 가까운 곳에 모여 있기 때문이다. 반경 1~2킬로미터 내에도 갈 곳이 너무나 많다. 그래서 방콕을 처음 여행하는 사람은 대부분 카오산로드로 온다.


카오산로드와 가장 가까운 곳에 있는 국립박물관은 동남아에서 몇 안 되는 훌륭한 박물관으로 최고 수준의 태국 미술 작품을 만날 수 있는 곳이다. 특히 불상은 보는 이로 하여금 감탄을 쏟아내게 한다. 부드러우면서도 자연스럽게 걷는 모습은 실제로 움직이는 것만 같다. 불상이 걸친 옷의 질감도 직접 만져보고 싶을 정도로 생생하다.

이곳에서 도보로 오 분이면 왕궁과 왓 프라깨우 즉 에메랄드 사원을 만날 수 있다. 왕궁은 역대 국왕들이 기거했던 곳이고, 사원은 왕실의 제사를 지내는 곳으로 본당에는 세계적으로 유명한 불상인 에메랄드 불상이 안치되어 있다. 이웃 나라 라오스의 비엔티안에서 가져온, 짜끄리 장군의 전리품으로 전해져오는 이 불상은 국왕의 수호신으로 숭

배받을 정도이며 참배객들이 끊이질 않는다. 이 밖에도 주위에는 여러 종류의 궁전이 모여 있으며 저마다 화려한 건축양식을 뽐낸다. 하늘을 향해 날아갈 듯 힘껏 치켜 올라간 처마의 곡선을 보고 있노라면 동양적 감성과 이국적 느낌이 한꺼번에 밀려온다.

　근처에 있는 사원 왓 포에는 수많은 불두와 석상들이 있는데 방콕에서 가장 큰 규모를 자랑한다. 이 사원의 가장 큰 볼거리는 와불이다. 아마도 방콕을 방문한 사람이라면 이 불상 앞에서 찍은 사진이 한 장 정도는 있을 것이다. 높이 15미터, 길이 45미터의 이 거대한 황금 불상은 편안한 자세로 누워 있는데 발 길이만 5미터에 달한다. 발은 자개로 정교하게 세공되어 있다. 수많은 곡선과 금빛 굴곡들을 감상하노라면 시간 가는 줄 모른다. 왓 포 경내에서 담 너머로 보이는 사원이 왓 아룬이다. 이 사원은 짜오프라야강 건너에 있어서 카오산로드의 방람푸선착장에서 배를 타고 시원한 강바람을 맞으며 유람하듯 다녀올 수 있는 곳이다. 왓 포 가까운 곳에도 선착장이 있다. 아룬은 태국어로 '새벽'이라는 뜻인데 동틀 무렵이나 일몰에 그 아름다운 빛이 최고조를 이룬다. 선착장 입구에서부터 멋진 경관을 느낄 수가 있어 방콕 사람들이 가장 좋아하는 사원이기도 하다. 힌두 양식으로 건축된 거대한 불탑은 정교하기 이를 때 없다. 카오산로드 위쪽에는 비만멕 궁전이 있는데, 티크 나무로 건축된 이곳은 '구름 위의 궁전'이라는 뜻을 지니고 있을 만큼 아름답다. 이 궁전도 꼭 볼 만하다.

이 모든 것을 부지런히 움직이면 하루 만에 다 볼 수도 있다. 이곳을 시작으로 여행자들은 행동반경을 점점 넓혀가며 방콕을 알아가게 된다. 그렇지만 아무래도 카오산로드에 짐을 푼다면 문화유적을 관람하거나 관광지를 돌아보는 것보다 카오산로드 자체의 매력에 빠져 헤어 나오지 못하는 경우가 더 많다. 하지만 모든 여행자들이 카오산로드를 좋아하는 것은 아니다. 이 거리엔 만만한 초보 여행자들을 상대로 거짓말을 일삼는 호객꾼들이 많아 여행자들을 피로하게 만들기도 한다. 그러나 이런 경우는 정도의 차이만 있을 뿐 대부분의 여행지에서 일어날 수 있는 일이라 생각된다.

태국 여행에서 여행자들이 가장 즐기는 아이템이 타이 마사지일 텐데, 카오산로드의 작은 골목에도 수많은 마사지 숍이 있어서 여행에 지친 이들은 무더운 오후나 이른 저녁, 마사지 숍의 기다란 의자에 누워 타이 마사지를 받으며 피로를 푼다.

저렴한 가격에 다양한 맛을 즐길 수 있는 있다는 것도 카오산로드를 쉽게 빠져나오지 못하는 이유다. 카오산로드에 머무는 동안 식당을 이곳저곳 돌아다니며 음식을 먹다 보면 체중이 저절로 늘어난다. 다양한 열대 과일의 유혹을 참

기도 여간 힘든 일이 아니다.

    카오산로드의 매력은 어둠이 내리면 극에 달한다. 온갖 카피 제품들이 긴 골목에 진열되고 색색의 전구에 불이 들어오면 그때부터 진정한 골목이 만들어진다. 야시장 같기도 하고 클럽 골목 같으면서도 카페촌처럼 보이기도 한다. 거리에는 최신 유행의 음악부터 60년대를 풍미하던 노래들이 뒤섞여 흐른다. 이 거리에서는 시원한 맥주잔을 나누며 누구나 친구가 된다. 세상 모든 대륙의 사람들이 똑같은 목적으로 와서, 똑같은 모습을 즐기며, 똑같은 단어들로 자신의 여행을 채워 나간다.

## 언제나
## 당신을 환영해 주는 곳

당신이 만약 우리나라가 아닌, 세상 어딘가에 언제 가더라도 격하게 환영받을 수 있는 곳이 있다면 좋겠다 하고 생각한다면, 거기가 바로 방콕일 것이며 카오산로드일 것이다. 크지도 않고 넓지도 않은 이 골목골목에 날마다 세상의 모든 여행이 진행된다. 한 번쯤 그 골목을 걸었다면 자주 생각날 것이다. 카오산로드의 밤을 밝히던 휘황한 전구 빛과 거리에 울려 퍼지던 음악, 여행자들의 웃음소리와 호객꾼의 요란한 몸짓이. 그것들을 떠올릴 때마다 당신의 심장은 빠르게 뛰고 배낭을 꾸리고 싶어질 것이다.

방콕은 지금도 당신을 기다리고 있고 카오산로드는 당신을 위한 차디찬 맥주 한 잔을 준비해 두고 있다. 어서 가보시길.


## 카오산로드 즐기기 ● ● ●

카오산로드에 머물고 싶다면 카오산로드를 살짝 비껴간 곳에 숙소를 알아보는 것이 더 쾌적하게 묵을 수 있는 방법이다. 카오산로드 근처의 방람푸 선착장에서 보트를 타면 태국 서민들의 일상을 짧게나마 엿볼 수가 있다. 카오산로드 주변을 다 둘러봤다면 방콕 시내를 공략하거나 방콕 주변으로 나가는 일이 일반적이다. 근교의 아유타야와 메끄렁 수상시장 혹은 파타야로 가거나 꼬창으로 잠시 다녀오는 것도 좋은 여행이 될 수 있을 것이다.

나는 기꺼이

달의 주민이 되어

산 페드로 데 아따까마, 칠레    San pedro de Atacama, Chile

Claro Azul
RAUL QUINTANILLA

황량함과 척박함 뿐인 풍경 앞에서도 한없이 부드러워지는 마음이 있었다. 가본 적이 없지만 상상할 수는 있었던 그곳에 나는 무사히 안착했다. 그리고 조심스레 걷고 있다. 여기는 달의 계곡Valle de la Luna이다. 나는 달의 표면을 밟고 있다. 달에 가본 적 없으니 여기가 달의 표면과 같다고 해도 무방하리라. 그렇지만 이곳의 몽환적인 풍경 앞에 서 있으면 이곳이 달이라고 해도 누구도 부정하지 못할 것이다. 거친 지면은 달의 표면과 전혀 구분되지 않는다. 협곡 사이로 건조한 바람이 불어온다. 분명 현실의 풍경과는 거리가 있다. 나는 이곳을 분명 달의 표면이라 여기고 걷는다. 내가 나를 속인 것인데, 너무나 그럴듯해서 속인 나도, 속은 나도 믿고 만다. 믿고 나니 척박했던 풍경이 신비롭게만 다가온다.

## 달의 골목으로
## 들어가는 관문

6,400킬로미터가 넘는 긴 해안선을 가진 나라 칠레. 그곳에서도 북쪽 끄트머리에 세상에서 가장 건조한 지역이 있다. 볼리비아의 우유니 사막을 넘으면 처음으로 만나는 국경의 마을. 산 페드로데 아따까마는 아따까마 사막 한 가운뎃점처럼 찍혀있는 작은 마을이다. 잉카 시대 이전의 마을로 아

직도 원주민이 생활한다고 했다.

내가 척박하고 건조한 사막의 오아시스 마을에 관심을 가지게 된 이유는 순전히 '달의 계곡' 때문이었다. 남미를 여행하면서 만난 많은 여행자들이 달의 계곡에 대해 이야기했다. 산 페드로 데 아따까마를 그냥 지나치지 말라고, 그리고 꼭 달의 계곡에 가보라고. 볼리비아에서 칠레로 넘어오던 밤, 하늘에는 정말이지 커다란 보름달이 떠 있어서 이 밤을 지내고 나면 정말로 달에 도착하게 될지도 모른다는 어처구니없는 상상을 하기도 했다. 나는 달이라는 단어가 주는 신비로움이 무작정 좋았고, 국경을 넘어야 만날 수 있는 그곳이 마치 지구 밖 우주의 어느 공간에 존재하는 것처럼 느껴졌다. 그곳으로 가고 싶은 내 마음은 호들갑스럽게도 자꾸만 들썩였다.


아따까마 사막지대는 해발 2,438미터가 넘지만 생각보다 너무 뜨거웠다. 낯선 여행자를 처음 맞이한 건 뜨거운 열기였다. 그나마 그 열기를 식혀주는 건 하얀색으로 칠해진 집들이었지만 보기에만 시원해 보일 뿐이었다. 어도비 양식으로 지어진 이 집들은 건조한 사막의 특성을 고려한 것이겠지만 충분히 동화적으로 보인다. 조금 과장해서 천천히 걸으면 잠시, 조금 빨리 걷는다면 찰나에 지나지 않을 크기의 마을이지만 내 눈에는 동화 속 집처럼 어여쁘기만 하다.

여행객을 맞이하는 몇몇 여행사와 아담한 숙소 그리고 귀여운 식당들이 대부분을 차지하는 이 동네는 한낮이면 인적조차 찾기가 힘들다. 그런데 이 작은 마을에는 칠레에서 가장 오래된 교회가 있다. 산 페드로 교회는 아르마스 광장에서 가장 빛나는 건물이 되겠다. 마을에서는 가장 화려한 건물이라고 하지만 그래도 단출하고 작다. 1544년에 지어졌는데, 지금의 모습은 18세기에 다시 증축된 것이다. '죽기 전에 꼭 봐야 할 건축 1001'에 선정되기도 했다. 위에서 내려다보면 건물은 십자가 모양이다.

커다란 후추나무 곁에 세워진 새하얀 교회는 구름 한 점 없는 푸른 하늘을 배경으로 서 있다. 하늘 위로 향한 십자가는 달의 관문으로 들어가는 입구처럼 성스럽다. 나는 작고 척박한 마을이 한없이 아름답게만 느껴진다.

해가 조금은 기울어진 오후. 달의 계곡으로 가는 미니버스를 탈 수 있었다. 마을에서 서쪽으로 13킬로미터 떨어진 곳이라 조금 가깝다고 생각했지만, 차창으로 스치는 풍경들을 보고 있자니 지구에서 가장 먼 곳으로 가는 게 아닌가 하는 생각이 들기도 했다.

새하얀 건물들이 사라진 사막 풍경이 펼쳐진다. 나는 사막에서 사막으로 들어가고 있다. 길은 덜컹거린다. 사막에는 아무런 풍경이 없다고 해야 할 것이지만 사실은 그것 때문에 사막에 간다고 해야 할 것이다. 이곳의 사막은 누구나 상상하는 부드러운 모래가 가득한 사막이 아니라 날카롭고 단단한 바위로 가득한 사막이다. 창밖으로 스치는 풍경에는 물기 하나 없다. 메말랐다 생명이 탄생하기 이전 태초의 풍경이 이처럼 황량하지 않았을까.

차가 멈춘 곳에서 얼마 걷지 않았다. 하늘이 느슨해지기 시작하는 그 시간, 내 발아래 펼쳐진 거대한 달의 표면. 그곳에 모인 사람들 누구도 달에 가 본 적은 없겠지만, 모두들 공감하고 있었을 것이다. 이곳을 달의 계곡이라고 부른다고 하니 그런 줄로 알겠지만, 직접 이 풍경을 본다면 누구의 이런 설명이 없어도 분명 달의 표면이라 여길 것이다.

밤하늘에 뜬 달을 실제로 보면 무채색에 가깝지만 대부분의 사람들이 달을 생각할 때는 노랗고 탐스럽게 그려내는 것처럼, 여기는 멀고 아름다운 곳에 뜬 허공의 별, 달의 계곡이다. 이곳은 비와 바람과 태양이 오랜 시간 공들여 만들었다. 시간의 남긴 흔적들이다. 이 풍경에 인간은 개입하지 않았다. 지구의 한 부분이 태고의 오롯한 모습 그대로 존재하고 있다. 척박한 아름다움이다. 태양이 점점 기울어지면 풍경은 서서히 일어난다. 거친 바위들이 드넓은 대지에서 기지개를 편다. 이곳에 온 사람들은 이곳이 달의 표면이라고 한 치도 의심하지 않는다.

전망대를 내려와 소금 동굴로 향했다. 바다였던 자리가 솟아나 대륙이 된 이곳은 아무리 시간이 흘러도 바다의 흔적이 사라지지 않았다. 소금의 결정들이 바위 위로 하얗게 올라앉았고, 시간의 흔적은 쉽게 없어지지 않을 물결무늬를 협곡에 새겼다. 이 풍경 속으로 들어가면 들어갈수록 세상과 점점 멀어지는 것 같다. 이런 생각이 들 때쯤이면 해가 소금사막 쪽으로 넘어간다. 마음이 조금 급해진다. 기울어지는 태양을 보기 위해 사막을 오른다. 그림자는 길어질 대로 길어져 희끗희끗하게 솟아난 소금 바위 사이를 달의 주민처럼 서성거린다.

사막 높은 곳에서 당신은 생애에서 가장 강렬한 태양을 마주할 것이다. 모든 것이 죽어있는 달의 계곡을 비추는 생기 가득한 태양 빛. 해는 지평선을 붉게 물들이며 천천히 사라져가고, 햇빛이 야윈 곳에서는 이른 별들이 드문드문 뜬다. 태양이 자신의 소임을 다해 갈수록 주변을 둘러싼 거대한 산맥 같은 암석들은 색깔을 바꾼다. 무채색 바위가 분홍이 되었다가, 오렌지빛으로 변했다가, 끝내는 붉게 타오른다. 그리고 마침내 태양이 사라지면 달의 계곡은 온통 암흑에 빠져든다.

## 세상에서
## 가장 먼 골목을 걷는 일

태양이 물러가면 별들이 아주 가깝게 내려앉는다. 아타까마 사막은 어느 방향으로 가든 이 지구상에서 쉽게 볼 수 없는 풍경들로 가득하다. 그래서 아타까마 사막에 간다는 것은 어쩌면 세상에서 가장 먼 곳으로 가는 일일지도 모른다. 만약 이곳에 마을이 들어선다면 태초의 골목이 형성되는 건지도 모르겠다. 상상의 골목을 그려놓고 걷다 보면 이 낯선 풍경들이 따뜻한 감정을 솟아나게 한다. 이 사막을 걸으며 나는 달의 주민과 인사를 하고 미소를 나누는 상상을 한다. 지구가 아닌 곳의 골목이라니. 나는 가끔 먼 밤하늘을 본다. 저기 수만 개의 골목을 품은 지구가 빛나고 있다. 가자! 누구도 가본 적 없는 달의 표면을 밟아 보자. 거긴 달이다. 의심하지 않고 믿어도 된다.


### 달의 표면을 돌아보는 일　　　　　　　• • •

산 페드로 데 아따까마는 볼리비아의 우유니 사막에서 넘어가거나, 칠레에서 볼리비아로 넘어가는 도중에 거쳐야 할 마을이다. 이곳에서는 수많은 종류의 투어 상품을 판매한다. 우유니 사막으로 가는 상품 역시 이곳에서 구할 수 있다. 각 투어의 종류에 따라 시간이 다르므로 일정에 맞게 계획한다면 하루에 많은 지역을 돌아볼 수도 있다. 꼭 추천하고 싶은 곳은 타띠오 간헐천이다. 해발 4,500미터에서 끓고 있는 세상에서 가장 높은 간헐천인데 여기서 수영을 하거나 온천을 즐길 수도 있다. 새벽에 이루어지는 간헐천 투어를 끝내고 오후에 달의 계곡 투어를 할 수도 있지만 체력이 관건이 될 것 같다. 밤과 낮의 기온이 엄청난 차이를 보이는 곳으로 투어 때는 꼭 가벼운 점퍼를 챙겨야 한다. 숙소와 식당은 마을 규모에 비해서 잘 갖춰져 있는 편이지만 물가가 조금 비싸다.

이곳의 모든 것은
고요하게 빛나고 있어서

경주, 대한민국        Kyeongju, Korea

A Love That Will Never Grow Old
EMMYLOU HARRIS

한 번도 가본 적 없고, 한 번도 만난 적 없는 것들에게 끌리는 사람들은 자주 홀로 걷는다. 처음에는 산책이었다가 나중에는 여행이 된다. 여행은 파문처럼 조용히 퍼지며 그 반경을 넓히고 그들은 결국 먼 여행자가 된다. 돌아오지 못할 마음으로 떠났다가 떠나지 않은 것처럼 돌아온다. 그들이 살아 있다는 유일한 증거는 머물지 않는다는 것이다.

## 사막에서 무덤까지
## 나와 함께 걷다

홀로 산책하는 사람이 거의 없었다. 간혹 무리에서 떨어져 나간 사람들이 잠시 혼자가 되었다가는 곧 커플이 됐고, 다시 무리에 합류했다. 모든 이들은 비슷한 속도로, 어긋나지 않게, 차분하게 걸었다. 이 도시에 도착한 이후 그들처럼 잠시 느려졌다가 아예 멈추어 풍경을 살피는 일이 잦았다. 산책처럼 걸었고, 휴식처럼 멈추었고, 누군가의 비밀이야기를 엿듣는 것처럼 조용히 뒤를 따랐다. 계절의 틈을 벌려 놓는 바람이 차갑게 불 때마다 사람들은 잊은 약속이 생각난 듯 잠시 멈추어 서서는 하늘을 올려다보았다. 나는 이 모든 풍경들을 바라보는 것이 좋았다. 이곳에는 조금 더 부드럽고 순하며, 낮고 진중하게 걷는 사람들이 살고 있었다. 그들 틈에 섞여 걷다 보면 내 마음 한쪽에 모질게 돋아나 있던 감정들마저 여릿해졌다. 아마도 다정한 곡선을 가진 그들의 어깨 때문이겠지. 나는 사막으로 걸어가는 낙타처럼 경주의 거리를 느릿느릿 걸었다.

생각해 보니 경주에 올 때마다 혼자였다. 폐허가 된 마음을 씻으러 바다를 찾아가는 길에 잠시 멈추었고, 검은 기왓장 너머로 보이는 고요한 곡선들이 꼭 파도 같아서 끝내 바다로 가지 않고 그 자리에 가라앉듯 주저앉고 말았던 그때도 혼자였다. 혼자서 마음을 다스리는 방법은 걷는 것이 최선이고 전부였다. 안개가 범람하던 어느 새벽, 섬처럼 표표히 떠오르던 왕릉의 물결, 햇빛을 받는 한낮의 기와들은 싱싱한 물고기의 비늘처럼 빛났다. 조악한 글씨체로 손님들을 기다리는 상점의 간판까지 이곳의 모든 것은 고요하게 빛나고 있었다.

경주에서 나는 온전히 내가 되어 걸을 수 있었는데, 대부분의 시간을 그렇게 나와 함께 걸으며, 이곳이 사막은 아닐까 하는 생각이 문득 들었다. 그것은 아마도 오래된 주검이 묻혀 있는 무덤 때문이었는지 모른다. 나는 그 사이를 걷다가 사막의 곡선을 떠올렸다. 천 년 전 경주 사람들은 그 누구도 사막을 본 적이 없을 것이고 이 곡선을 배운 적이 없을 것이다. 그런데 이 도시에는 사막을 닮은 곡선들이 빼곡하게 놓여 있다. 언제였던가, 뜨거운 모래 언덕에 발목을 담그고 조용히 걷던 고비 사막의 그날과 거대한 묘지들의 그림자에 발을 적시며 걷는 지금의 순간이 묘하게 닮아 있다. 먼 사막에서 건너왔을 것이 분명한 노을이 이곳의 왕릉을 물들이면 둥근 등에 수많은 별을 실은 낙타가 커다란 눈을 껌뻑이며 다가올 것만 같았다. 저기 무덤 위로 떠오르는 별들은 내가 건너온 사막에서도 보일까? 그렇다면 나는 또 무슨 소원을 빌어야 할까. 부드러운 곡선들이 무한으로 반복되던 고비에서 나는 내 안의 있던 수많은 모서리를 둥글게 깎았고, 다 깎아내지 못한 모서리는 모래 속에 묻었다.

## 나는 마침내
## 부드러운 마음을 발견하고서는

여기, 그날 내가 본 사막의 등허리들이 지구 반대편에도 똑같은 모습으로 펼쳐져 있다. 사람들은 고요하게 걷는다. 그들은 사막의 한가운데로 걸어가는 낙타의 마음을 읽은 것처럼 경건하고 순한 마음이 되어 걸어간다. 나는 둥글게 흩어진 능선을 따라 걷다가 부드러운 마음을 발견한다. 내가 가진 아름다운 것들은 대부분 날카롭지 않다는 것을 알게 되고, 정성을 다하고 안간힘을 쓰며 일평생을 살아도 결국 남는 건 하늘 아래 둥그런 곡선 하나가 전부임을 깨닫는다.

그러니 이곳을 걷은 일은 그 자체로 공부겠다. 걷는 일은 분명 비우는 일이며 지우는 일이기도 하다.

언젠가 우리는 삶과 이별할 것이다. 이별하고는 영원의 집, 무덤을 지을 것이다. 모든 것을 지우고 나야 비로소 새롭게 지을 수 있는 단 한 칸의 집. 경주는 죽음 이후의 나를 만나기 가장 좋은 곳이다. 나는 오늘도 넘실대는 기왓장 너머 거대하게 솟은 사막의 봉우리 위로 지는 별을 따라 걷고 있다. 이곳의 모든 것은 고요하게 빛나고 있다.

### 경주에 관한 팁은 없다

일단 도착하시라. 그것이 최선이다. 그리고 무덤 사이를 비켜 다니며 가장 찬란하게 현재를 빛낼 수 있는 것들을 떠올리며 걸으시라.

# 세상의 모든 골목

초판 1쇄 발행 2024년 1월 17일

지은이. 변종모

펴낸이. 최갑수
디자인. 강경신

펴낸곳. 얼론북
출판등록. 2022년 2월 22일 (251002022000026)
주소. 경기도 파주시 회동길 145 아시아출판문화정보센터
전자우편. alonebook0222@gmail.com
전화. 010-8775-0536
팩스. 031-8057-6703
인스타그램. @alone_around_creative

ISBN 979-11-983751-6-2 03810
값 18,900원